Katherine Mansfield
(1888-1923)

Kathleen Mansfield Beauchamp nasceu em Wellington, Nova Zelândia (então colônia britânica), em uma família rica. Seu pai era banqueiro, e ela era a terceira de um total de cinco filhos. Teve uma infância feliz, o que apareceria posteriormente em sua obra. Em 1903 mudou-se para Londres a fim de estudar junto com suas irmãs. Durante algum tempo nutriu a ideia de se tornar violoncelista profissional, ao mesmo tempo em que escrevia artigos para o jornal da faculdade. Viajou pela Europa continental, principalmente pela Bélgica e pela Alemanha.

Em 1906, tendo completado os estudos, retornou à Nova Zelândia e começou a escrever contos. Alguns textos seus foram publicados no periódico *Native Companion*, na Austrália, e ela começou a usar o pseudônimo "K. Mansfield". Em 1908, aos 19 anos, emigrou novamente para a Inglaterra, onde se aproximou de escritores e intelectuais modernistas, incluindo D.H. Lawrence e Virginia Woolf, e onde levou uma vida boêmia. *In a German Pension*, sua primeira coletânea de contos, foi publicada em 1911. Neste mesmo ano iniciou um relacionamento com John Middleton Murry, editor de uma revista para a qual enviara um texto e com quem teria um casamento conturbado.

O ano de 1917 foi marcante em sua vida: seu casamento chegou ao fim, ela foi diagnosticada com tuberculose, e também começou a fase mais prolífica de sua carreira. Em 1918, Virginia e Leonard Woolf publicaram o seu "Prelude" pela recém-funda
disso seguiram-se mais dua
Bliss and Other Stories (19
Faleceu em 1923, aos 34

decorrente de tuberculose, deixando não publicada a maior parte de sua obra. Seu ex-marido, John Murry, organizou, editou e publicou dois volumes inéditos de contos (*The Dove's Nest* em 1923 e *Something Childish* em 1924), um volume de poemas, a novela *The Aloe*, o livro de não ficção *Novels and Novelists*, bem como sua correspondência e seus celebrados diários.

OS MELHORES CONTOS DE

KATHERINE MANSFIELD

Seleção de Guilherme da Silva Braga

Tradução de Denise Bottmann

www.lpm.com.br

Coleção **L&PM** POCKET, vol. 1222

Texto de acordo com a nova ortografia.

Título original: *The Collected Stories of Katherine Mansfield*
The assistance of Creative New Zealand towards the translation of this book is gratefully acknowledged by the publisher.

ARTS COUNCIL
NEW ZEALAND TOI AOTEAROA
creative*nz*

A L&PM Editores agradece o subsídio de tradução da Creative New Zealand.

Primeira edição na Coleção **L&PM** POCKET: maio de 2016

Seleção: Guilherme da Silva Braga
Tradução: Denise Bottmann
Capa: Ivan Pinheiro Machado
Revisão: Marianne Scholze

CIP-Brasil. Catalogação na publicação
Sindicato Nacional dos Editores de Livros, RJ.

M248m

Mansfield, Katherine, 1888-1923
 Os melhores contos de Katherine Mansfield / Katherine Mansfield; seleção de Guilherme da Silva Braga; tradução Denise Bottmann . – 1. ed. – Porto Alegre, RS: L&PM, 2016.
 192 p. ; 18 cm.

 Tradução de: *The Collected Stories of Katherine Mansfield*
 ISBN 978-85-254-3420-3

 1. Conto neozelandês (Inglês). I. Bottmann, Denise. II. Braga, Guilherme da Silva. III. Título.

16-32867
CDD: 828.99333
CDU: 821.111(931)-3

© da tradução, L&PM Editores, 2016

Todos os direitos desta edição reservados a L&PM Editores
Rua Comendador Coruja, 314, loja 9 – Floresta – 90.220-180
Porto Alegre – RS – Brasil / Fone: 51.3225.5777 – Fax: 51.3221.5380

Pedidos & Depto. Comercial: vendas@lpm.com.br
Fale conosco: info@lpm.com.br
www.lpm.com.br

Impresso no Brasil
Outono de 2016

Sumário

Prelúdio 7

Euforia 72

Psicologia 91

A aula de canto 102

A vida da Mã Parker 111

O desconhecido 121

A festa ao ar livre 140

A casa de boneca 163

A mosca 174

O canário 183

Prelúdio

1

Não havia um centímetro de espaço para Lottie e Kezia na charrete. Quando Pat ergueu as duas e pôs por cima da bagagem, elas se desequilibraram; a avó estava com o colo ocupado e Linda Burnell não aguentaria levar uma criança no seu nem até a esquina. Isabel, muito convencida, estava encarapitada no banco do motorista, ao lado do novo ajudante. Sacolas, malas e caixas estavam empilhadas no chão.

– São objetos de primeira necessidade que não vou perder de vista nem por um instante – disse Linda Burnell, a voz tremendo de animação e cansaço.

Lottie e Kezia ficaram no gramado logo na entrada do portão, prontas para a refrega em seus casacos com botões de cobre com uma âncora gravada e barretes redondos com uma faixa com o nome de algum navio de guerra. De mãos dadas, fitaram antes os objetos de primeira necessidade e depois a mãe delas.

– Vamos ter de deixá-las. Só isso. Vamos ter de largá-las aqui – disse Linda Burnell.

Soltou uma risadinha estranha; inclinou-se nas almofadas de couro com botões e fechou os olhos, os lábios tremendo de rir. Felizmente a sra. Samuel Josephs, que estava observando a cena por trás da persiana da sua sala de estar, veio naquele instante bamboleando pela trilha do jardim.

– Bor gue dão deixa as crianças cobigo de tarde, sra. Burdell? Bodem ir com o hobem da guidanda no fim da tarde. Essas goisas na grama dêm de ir dambém, dão?

– Sim, tudo o que está aqui fora teria de ir – disse Linda Burnell, e mostrou com a mão branca as mesas e cadeiras viradas de ponta-cabeça no gramado da frente.

Era muito cômico! Ou deviam ficar ao contrário, ou Lottie e Kezia deviam ficar de ponta-cabeça também. E sentiu vontade de dizer: "Fiquem de ponta-cabeça e esperem o homem da quitanda". Achou que ficaria tão engraçado que nem deu muita atenção à sra. Samuel Josephs.

O corpanzil com suas articulações emperradas se introduziu pela fresta do portão e a cara grande e mole sorriu.

– Dão se breogube, sra. Burdell. Loddie e Kezia podem domar chá com binhas griangas no guardo de brincar, e debois ponho elas na garroça.

A avó avaliou:

– É, de fato é uma boa ideia. Agradecemos muito, sra. Samuel Josephs. Meninas, digam "obrigada" à sra. Samuel Josephs.

Dois trinados baixinhos:

– Obrigada, sra. Samuel Josephs.

– E sejam boazinhas e... venham aqui – elas avançaram – não se esqueçam de dizer à sra. Samuel Josephs quando estiverem...

– Não, vó.

– Dão se breogube, sra. Burdell.

No último minuto, Kezia soltou a mão de Lottie e correu até a charrete.

– Quero dar mais um beijo de despedida na vó.

Tarde demais. A charrete tomou a estrada, a Isabel pimpando de orgulho, o nariz empinado para o resto do mundo, Linda Burnell prostrada, a avó revirando entre as várias bugigangas que enfiara de última hora em sua bolsinha de seda preta, para encontrar algo para a filha. A charrete se afastou faiscando à luz do sol e entre a fina poeira dourada que se estendia além da colina. Kezia mordeu o lábio, mas Lottie, tendo antes o cuidado de pegar seu lenço, soltou um gemido dolorido:

– Mãe! Vó!

A sra. Samuel Josephs a envolveu, parecendo um enorme abafador de chá de seda preta.

– Esdá dudo bem, binha guerida. Zeja boazinha. Vá bringar no guardo das griancas.

Passou o braço pelos ombros de Lottie choramingando e a levou. Kezia foi atrás, fazendo uma careta à abertura da saia da sra. Samuel Josephs na cintura, desbrengada como sempre, com duas fitas cor-de-rosa do espartilho aparecendo...

O choramingo de Lottie parou enquanto subia as escadas, mas sua aparição à porta do quarto de brincar, com os olhos inchados e o nariz feito uma bola, despertou grande satisfação nas crianças S.J., sentadas em dois bancos diante de uma mesa comprida coberta com uma toalha impermeável, servida com pratos enormes de pão e banha e duas jarras marrons que fumegavam levemente.

– Olá! Você estava chorando!
– Ah, gastou os olhos!
– O nariz dela não está engraçado?
– Você está toda manchada de vermelho.

Lottie fez verdadeiro sucesso. Sentiu-se muito orgulhosa, dando um sorriso tímido.

– Sende ao lado de Zaidee, guerida – disse a sra. Samuel Josephs –, e Kezia, sende na bonta com Boses.

Moses fez uma careta e lhe deu um beliscão quando Kezia se sentou; mas ela fez de conta que nem reparou. Realmente detestava meninos.

– O que deseja? – perguntou Stanley, inclinando-se por sobre a mesa com toda a educação e sorrindo para ela. – O que prefere para começar: morangos com creme ou pão e banha?

– Morangos com creme, por favor – respondeu ela.

– Hahahaha!

Como gargalharam e bateram com as colheres na mesa! Que piada! E essa agora? Pegou-a direitinho! Stan, seu gozador!

– Mãe, ela achou que era de verdade!

Mesmo a sra. Samuel Josephs, servindo o leite e água, não conteve um sorriso.

– Dão arreliem as duas do úldibo dia delas – disse arfando.

Mas Kezia deu uma bela mordida no seu pão com banha e pôs a fatia no prato. Depois da dentada, ficou parecendo um lindo bolinho. Ora, pouco se importava! Corria uma lágrima pela face, mas não estava chorando. Jamais choraria na frente daqueles Samuel

Josephs horríveis. Ficou sentada de cabeça baixa e, quando a lágrima escorreu devagar até perto da boca, pegou-a com a pontinha da língua e engoliu-a antes que alguém visse.

2

Depois do chá, Kezia voltou devagar à casa dela. Subiu devagar os degraus dos fundos, atravessou a área de serviço e entrou na cozinha. Não tinha ficado nada, exceto um resto de sabão amarelo áspero num dos cantos da pia da cozinha sob a janela e uma flanela manchada com uma sacola azul no outro canto. O forno a lenha estava entulhado de refugos. Ela revirou entre os restos, mas não encontrou nada, a não ser um paninho de cabeça com um coração pintado que era da empregada. Mesmo isso, ela deixou ali e se esgueirou pela passagem estreita até a sala de estar. A veneziana estava puxada, mas não fechada. Por ali entravam longas réstias de luz do sol e a sombra ondulante de um arbusto lá fora dançava entre as linhas douradas. Ora ficava imóvel, ora recomeçava a esvoaçar, ora chegava quase aos pés dela. Zum! Zum! Uma varejeira azul bateu no teto; as tachas que seguravam o tapete tinham pedacinhos de felpa vermelha presos nelas.

A janela da sala tinha um quadrado de vidro colorido em cada canto. Um era azul, outro era amarelo. Kezia se inclinou para ver mais uma vez um gramado azul com copos-de-leite azuis crescendo junto ao portão, e depois um gramado amarelo com lírios amarelos e uma cerca amarela. Enquanto olhava, uma Lottie chinesinha apareceu no gramado e começou a desempoeirar as mesas e cadeiras com uma ponta do avental. Era mesmo Lottie? Kezia não tinha muita certeza, até olhar pelo vidro normal.

No andar de cima, no quarto dos pais, encontrou uma caixa de comprimidos, preta e brilhante por fora e vermelha por dentro, com um chumaço de algodão.

"Posso guardar um ovo de passarinho aqui", decidiu ela.

No quarto da empregada, havia um botão de reforço preso numa fenda do chão, e em outra fenda algumas contas e uma agulha comprida. Ela sabia que no quarto da avó não havia nada; tinha ficado a observar enquanto ela embalava as coisas. Foi até a janela e se apoiou nela, apertando as mãos na vidraça.

Kezia gostava de ficar assim na janela. Gostava da sensação do vidro frio polido nas palmas quentes, gostava de olhar as pontinhas brancas engraçadas que apareciam nos dedos, quando apertava as mãos com força na vidraça. Enquanto estava ali, o dia foi se apagando, e veio a escuridão. Com a escuridão insinuou-se o vento zunindo e uivando. As janelas da casa vazia trepidavam, das paredes e assoalhos saía um rangido, um pedaço de ferro solto no telhado batia desamparado. De repente Kezia ficou imóvel, totalmente imóvel, com os olhos muito arregalados, comprimindo os joelhos. Estava com medo. Queria chamar Lottie e continuou a chamar por ela sem parar, enquanto descia as escadas correndo e correndo saía de casa. Mas AQUILO estava logo atrás dela, esperando na porta, no alto da escada, ao pé da escada, escondido no corredor, pronto para disparar pela porta dos fundos. Mas Lottie estava na porta dos fundos também.

– Kezia! – chamou alegre. – O quitandeiro está aqui. Está tudo na carroça com três cavalos, Kezia. A sra. Samuel Josephs nos deu um xale grande para a gente se embrulhar nele, e disse para você abotoar o casaco. Ela não vai vir por causa da asma.

Lottie estava com um ar de grande importância.

– Vamos lá, meninas – chamou o quitandeiro.

Enganchou as mãozonas por baixo dos braços delas para erguê-las. Lottie ajeitou o xale "com todo o capricho" e o quitandeiro envolveu os pés delas num cobertor velho.

– Levantem. Isso.

Pareciam dois potrinhos. O quitandeiro conferiu as cordas que prendiam a carga, desprendeu a trava da roda e, assobiando, subiu de um salto para o assento.

– Fique juntinho de mim – disse Lottie –, senão vai repuxar a manta e descobrir do meu lado, Kezia.

Mas Kezia chegou mais perto do quitandeiro. Ele parecia um gigante ao lado dela e cheirava a nozes e caixas novas de madeira.

3

Era a primeira vez que Lottie e Kezia estavam fora de casa numa hora tão avançada. Tudo parecia diferente – as casas de madeira pintada muito menores do que de dia, os jardins muito maiores e mais silvestres. O céu estava repleto de estrelas brilhantes, e a lua pairava sobre o porto tingindo as ondas de dourado. Podiam ver o farol luzindo na Quarantine Island e as luzes verdes nos velhos navios carvoeiros.

– Lá vem o barco de Picton – disse o merceeiro, apontando um vaporzinho todo enfeitado de contas brilhantes.

Mas, quando chegaram ao alto do morro e começaram a descer pela outra encosta, o porto desapareceu, e, embora ainda estivessem na cidade, estavam totalmente perdidas. Outras carroças passavam sacolejantes. Todo mundo conhecia o quitandeiro.

– 'noite, Fred.

– 'noooite – gritava de volta.

Kezia gostava muito de ouvi-lo. Sempre que aparecia uma carroça ao longe, ela olhava para cima, esperando a voz dele. Era um velho amigo; e ela e a avó tinham ido muitas vezes à sua quitanda para comprar uvas. Ele pegava a cesta castanha dela, forrava com três folhas largas e então tirava do cinto uma faquinha de cabo de chifre, erguia e cortava um grande cacho azul e punha por cima das folhas com tanta delicadeza que Kezia prendia a respiração para observar. Era um homenzarrão. Usava calça de veludo castanho e tinha uma longa barba castanha. Mas nunca usava colarinho, nem nos domingos. A parte de trás do pescoço era muito vermelha, queimada de sol.

– Onde estamos agora? – volta e meia perguntavam as meninas, por turnos.

– Ora, aqui é a Hawk Street, ou Charlotte Crescent.

– Sim, claro – Lottie empinou as orelhas a este último nome; sempre sentia que Charlotte Crescent lhe pertencia. Pouquíssima gente tinha ruas com seu próprio nome.

– Olhe, Kezia, é Charlotte Crescent. Não parece diferente?

Agora tudo o que era familiar sumira de vista. Agora, sacolejando, o carroção entrava em terra desconhecida, seguindo por estradas novas com barrancos de terra nos lados, por subidas íngremes, por descidas e vales cobertos de mato, por águas largas e rasas. Iam e iam, avançando sempre. Lottie cabeceava; descaiu, deslizou para o colo de Kezia e ali ficou. Mas Kezia não se cansava de olhar. O vento soprava e ela tremia, mas as faces e as orelhas ardiam.

– O vento sopra as estrelas? – perguntou.

– Não que se note – respondeu o merceeiro.

– Temos um tio e uma tia morando perto da nossa casa nova – disse Kezia. – Eles têm dois filhos, o mais velho é o Pip e o mais novo se chama Rags. Ele tem um carneiro. Precisa dar de comer para ele num bule de chá esmaltado e uma luva no bico. Ele vai mostrar para nós. Qual é a diferença entre o carneiro e a ovelha?

– Bom, o carneiro tem chifre e corre atrás da gente.

Kezia refletiu.

– Não quero olhar para ele e sentir medo – disse ela. – Detesto bichos que correm, como cachorros e papagaios. Sonho muito com bichos que correm atrás de mim, até camelos, e quando estão correndo a cabeça deles aumenta e fica enooorme.

O quitandeiro não disse nada. Kezia deu uma espiada nele, erguendo os olhos. Então esticou o dedo e encostou na manga dele; era felpuda.

– Está perto? – perguntou.

– Não muito longe, agora – respondeu o quitandeiro. – Cansada?

– Não sinto nenhum tico de sono – disse Kezia. – Mas os meus olhos ficam girando de um jeito engraçado.

Soltou um longo suspiro e fechou os olhos para pararem de girar... Quando os reabriu, estavam passando por uma trilha que cortava o jardim feito um chicote, virando de repente numa ilha verde, e além da ilha ficava a casa, mas que só dava para ver quando se chegava nela. Era baixa e comprida, com uma varanda de pilares e balaústres por toda a volta. A construção de um branco suave se estendia pelo jardim verde como um animal adormecido. E ora uma, ora outra janela se iluminava de repente. Alguém com uma lamparina estava percorrendo os aposentos vazios. Pela janela do térreo bruxuleava a luz do fogo. Da casa parecia emanar uma bela e estranha animação, em leves ondulações tremulantes.

– Onde estamos? – perguntou Lottie, endireitando-se. O barrete de marinheiro estava torto, penso de um lado, e na bochecha havia a marca do botão de âncora no qual tinha se encostado enquanto dormia. O quitandeiro a ergueu com delicadeza, ajeitou seu barrete e alisou as roupas amarrotadas. Ela ficou pestanejando no primeiro degrau da varanda, olhando Kezia, que pareceu vir voando do céu e aterrissar no chão.

– Ooh! – exclamou Kezia, erguendo os braços.

A avó saiu do vestíbulo escuro com um lampiãozinho. Sorria.

– Acharam o caminho no escuro? – perguntou.

– Sem problema nenhum.

Mas Lottie cambaleava no primeiro degrau da varanda como um passarinho caído do ninho. Se parasse um segundinho, despencaria de sono; se se encostasse em alguma coisa, os olhos se fechariam. Não conseguia dar nem mais um passo.

– Kezia – disse a avó –, posso confiar em você para segurar o lampião?

– Pode, vó.

A senhora se abaixou, entregou-lhe a coisa viva e brilhante e então pegou Lottie no colo, bêbada de sono.

– Por aqui.

Por um vestíbulo quadrado cheio de fardos e centenas de papagaios (mas os papagaios estavam apenas no papel de parede) e então por um corredor estreito onde os papagaios continuavam a voar, Kezia foi seguindo com o lampião na mão.

– Fiquem bem quietinhas – alertou a avó, pondo Lottie no chão e abrindo a porta da sala de jantar. – A pobre mãezinha de vocês está com uma dor de cabeça terrível.

Linda Burnell, estirada numa grande cadeira de vime, com os pés num escabelo e uma manta nos joelhos, estava diante de um fogo crepitante. Burnell e Beryl estavam à mesa no meio da sala, comendo um prato de costeletas e tomando chá de um bule de porcelana castanha. Atrás da cadeira da mãe inclinava-se Isabel. Na mão tinha um pente e, com delicadeza e concentração, penteava os cachos da testa materna. Saindo do círculo da luz do lampião e da lareira, a sala se estendia nua e escura até as janelas vazias.

– São as meninas?

Mas, na verdade, Linda não se importava; nem abriu os olhos para ver.

– Abaixe o lampião – disse a tia Beryl – ou a casa vai pegar fogo antes de desempacotarmos as coisas. Mais chá, Stanley?

– Bem, mais meia xícara – disse Burnell, reclinando-se sobre a mesa. – Pegue outra costeleta, Beryl. De primeira essa carne, não? Nem muito magra, nem muito gorda. – Virou-se para a esposa. – Tem certeza de que não quer, Linda querida?

– Só de pensar já chega.

Ela ergueu uma sobrancelha de um jeito todo seu. A avó trouxe leite e pão para as meninas, que se sentaram à mesa, coradas e sonolentas por trás do vapor ondulante.

– Jantei carne – disse Isabel, ainda penteando delicadamente os cabelos da mãe. – Peguei uma costeleta inteira, com osso e tudo, e molho inglês. Não foi, pai?

– Ora, não se vanglorie, Isabel – disse a tia Beryl.

Isabel fez um ar espantado.

– Não estava me vangloriando, estava, mamãe? Nem pensei em me vangloriar. Achei que gostariam de saber. Só queria contar a elas.

– Está bem. Chega – disse Burnell.

Ele empurrou o prato, tirou um palito do bolso e começou a palitar os dentes brancos e fortes.

– Mãe, você pode providenciar que o Fred coma alguma coisa na cozinha antes de ir embora?

– Posso, Stanley. – A velha se virou para ir.

– Oh, espere meio minutinho. Imagino que ninguém saiba onde estão meus chinelos... Imagino que ficarei sem eles um ou dois meses, não?

– Eu sei – veio a voz de Linda. – Estão bem por cima, dentro do saco de lona marcado "coisas de primeira necessidade".

– Bem, pode pegar para mim, mãe?

– Posso, Stanley.

Burnell se levantou, se espreguiçou e, indo até o fogo, virou de costas e ergueu as abas do casaco.

– Por Júpiter, que bela situação. Ei, Beryl!

Beryl, bebericando o chá, cotovelos na mesa, sorriu por sobre a xícara. Estava com um avental cor-de-rosa desconhecido, as mangas da blusa enroladas até os ombros, mostrando seus lindos braços sardentos, o cabelo enrolado numa longa trança que descia pelas costas.

– Quanto tempo você acha que vai levar para ajeitar tudo, uns quinze dias, hein? – perguntou de caçoada.

– Não, pelo amor de Deus – respondeu Beryl aereamente. – O pior já passou. A empregada e eu já lidamos feito umas mouras o dia inteiro, e mamãe, desde que chegou, também trabalhou feito uma condenada. Não paramos um instante. Foi um dia e tanto.

Stanley sentiu uma censura no ar.

– Bom, você não esperava que eu saísse correndo do escritório para vir pregar tapetes, não é?

– Claro que não – e Beryl riu. Pousou a xícara e saiu apressada da sala de jantar.

– Que raios ela pretende que a gente faça? – perguntou Stanley. – Ficar sentada se abanando com uma folha de palmeira enquanto arranjo uma turma de profissionais para fazer o serviço? Caramba, se ela não pode dar uma mãozinha de vez em quando sem ficar cobrando depois...

E ficou carrancudo enquanto a costeleta começava a se engalfinhar com o chá em seu estômago sensível. Mas Linda estendeu a mão e o puxou para o lado da espreguiçadeira.

– Período difícil para você, meu rapaz – disse ela.

Tinha o rosto muito pálido, mas sorriu e entrançou os dedos na mãozorra vermelhusca que segurava. Burnell se acalmou. Então começou a assobiar "Pura como um lírio, alegre e livre" – bom sinal.

– Você acha que vai gostar daqui? – perguntou ele.

– Não queria comentar nada, mamãe, mas acho que devo avisar – disse Isabel. – A Kezia está tomando o chá da xícara da tia Beryl.

4

A avó foi levá-las para dormir. Seguiu à frente com uma vela; enquanto subiam, as escadas ressoavam. Isabel e Lottie ficaram num quarto só para elas, e Kezia se enrolou na cama macia da avó.

– Não vai ter lençol, vovó?

– Não, hoje não.

– Pinica – disse Kezia –, mas é que nem os índios.

Puxou a avó e lhe sapecou um beijo na ponta do queixo.

– Venha deitar logo e seja minha índia valente.

– Bobinha – disse a velha, ajeitando a coberta do jeito que ela gostava.

– Não vai me deixar uma vela?
– Não. Pssss. Durma.
– A porta pode ficar aberta?

Ela se encolheu numa bola, mas não dormiu. Por toda a casa soavam passos. A própria casa rangia e estalava. Lá de baixo subiam vozes aos sussurros, mas audíveis. Uma hora ouviu a risada alta da tia Beryl, outra hora ouviu a trombetada de Burnell assoando o nariz. Lá fora, centenas de gatos pretos de olhos amarelos, sentados no céu, olhavam-na pela janela – mas ela não sentiu medo. Lottie estava dizendo a Isabel:

– Hoje vou rezar na cama.

– Não, não pode, Lottie. – Isabel foi muito categórica. – Deus só deixa rezar na cama quando a gente está com febre.

Então Lottie se rendeu:

Doce Jesus tão bonzinho,
Olha por esta menininha
Tem piedade da Lizzie,
Deixa-me ir a ti.

E então se deitaram uma de costas para a outra, roçando de leve os traseirinhos, e adormeceram.

De pé num círculo de luar, Beryl Fairfield se despiu. Estava cansada, mas fingia estar ainda mais cansada – deixando as roupas caírem, num gesto lânguido empurrando a cabeleira densa e cálida.

– Ai, como estou cansada... tão cansada.

Fechou os olhos por um instante, mas os lábios sorriam. Ao respirar, seu peito subia e descia como asas adejando. A janela estava escancarada; a noite era quente e em algum lugar lá fora, no jardim, um jovem moreno e esbelto, de olhos de troça, andava na ponta dos pés entre os arbustos, colhendo flores num grande ramalhete que, deslizando até a janela, estendeu a ela. Beryl se viu debruçar. Ele baixou a cabeça entre as flores cerosas e brilhantes, risonho e matreiro.

– Não, não – disse Beryl.

Afastou-se da janela e começou a vestir a camisola.

"Às vezes Stanley é de uma insensatez que dá medo", pensou, fechando os botões. E então, ao deitar, voltou-lhe a velha ideia, a ideia cruel – ah, se pelo menos tivesse recursos próprios.

Um jovem riquíssimo acabava de chegar da Inglaterra. Os dois se conhecem por puro acaso... O novo governador é solteiro... Há um baile no Palácio do Governo... Quem é aquela linda criatura vestida de cetim *eau de nil*? Beryl Fairfield...

– O que me agrada – disse Stanley, apoiando-se na lateral da cama e dando uma boa coçada nos ombros e nas costas antes de se deitar – é que consegui o lugar por uma ninharia, Linda. Hoje mesmo estava falando disso com o pequeno Wally Bell e ele disse que simplesmente não entendia como aceitaram a minha proposta. A terra aqui está se valorizando cada vez mais... nuns dez anos... claro que precisamos ir bem devagar e cortar as despesas ao máximo possível. Está dormindo?

– Não, querido, estou ouvindo tudo – respondeu Linda.

Ele se enfiou na cama, debruçou-se por cima dela e assoprou a vela.

– Durma bem, sr. Rei dos Negócios – disse Linda, pegando a cabeça dele pelas orelhas e lhe dando um rápido beijo. Sua vozinha distante parecia vir de um poço profundo.

– Você também, querida. – Passou o braço sob o pescoço dela, puxando-a para si.

– Isso, me abrace – disse a vozinha saída do poço profundo.

Pat, o ajudante de serviços gerais, estava esparramado na cama do quartinho atrás da cozinha. A sacola impermeável, o casaco e as calças pendiam do gancho da porta como um homem na forca. Os dedos tortos dos pés apareciam sob a ponta do cobertor e no chão, ao lado dele, havia uma gaiola de vime vazia. Parecia um quadro de comédia.

"Ronc, ronc", soava a empregada. Ela tinha adenoides.

A última a se recolher foi a avó.

– O quê! Ainda não dormiu?

– Não. Estava esperando você – disse Kezia.

A velha suspirou e deitou a seu lado. Kezia enfiou a cabeça debaixo do braço da avó e soltou um chiadinho. Mas a velha só lhe deu um leve abraço, suspirou outra vez, tirou a dentadura e pôs num copo d'água no chão, ao lado da cama.

No jardim, algumas corujinhas empoleiradas nos galhos de um pau-de-renda chamavam: "Qué comê, qué comê". E na moita mais distante soava uma charla ríspida e rápida: "Ha-ha-ha... Ha-ha-ha".

5

A aurora nasceu fria e penetrante com nuvens vermelhas num céu verde claro e gotículas de sereno em todas as folhas e capins. Soprou uma brisa derrubando pétalas e orvalho, passou tremulante pelos pastos encharcados e foi se perder nas moitas sombreadas. No céu, algumas estrelas pequeninas pairaram por um instante e desapareceram – dissolveram-se como bolhas. E o que se ouvia no silêncio matinal era o som do riacho no pasto correndo sobre as pedras castanhas, entrando e saindo dos baixios arenosos, escondendo-se debaixo das moitas de bagas escuras, escoando num charco de agriões-d'água e flores aquáticas amarelas.

E então, ao primeiro raio de sol, começaram os pássaros. Os papagaios graúdos, estorninhos e mainás assobiavam nas aleias; os passarinhos miúdos, cardeais, pintarroxos e caudas-de-leque esvoaçavam de ramo em ramo. Um lindo martim-pescador se empoleirou na cerca do pasto exibindo sua beleza vistosa e um tuí cantou sua melodia de três notas, riu e cantou outra vez.

– Como cantam alto – disse Linda imersa em sonhos. Estava andando com o pai por uma pradaria verde salpicada de margaridas. Ele se curvou, entreabriu o capim e lhe mostrou uma bolinha de penugem logo a seus pés. "Oh, papai, que lindinho." Com as mãos em concha, apanhou o passarinho minúsculo e com o dedo lhe deu uma batidinha na cabeça. Era manso. Mas aí aconteceu uma coisa engraçada. Quando ela deu a batidinha, ele começou a se avolumar, aumentou e ficou redondo, foi crescendo, crescendo e os olhos pareciam sorrir para ela. Agora mal cabia nos braços e ela o soltou no avental. Tinha virado um bebê carequinha, de cabeçona grande e a boca que parecia de passarinho, abrindo e fechando. O pai estourou numa gargalhada e ela acordou e viu Burnell junto às janelas, levantando a persiana que estralejava.

– Olá! – disse ele. – Não te acordei, não é? O tempo hoje está bem razoável.

Estava contentíssimo. Um tempo daqueles selava definitivamente a sua negociação. Era como se também tivesse comprado aquele dia encantador – incluído naquela pechincha da casa e do terreno. Foi logo tomar banho, e Linda se virou e se ergueu num dos cotovelos para ver o quarto à luz do dia. Todos os móveis estavam ali – toda a velha parafernália, como dizia ela. Até as fotos estavam na cornija da lareira e os frascos de remédio na prateleira por cima do lavatório. As suas roupas estavam numa cadeira, de atravessado – as coisas que usava para sair, uma capa roxa e um chapéu redondo com uma pluma. Ao olhá-las, sentiu vontade de ir embora dessa casa também. E se viu indo embora numa charretinha, indo embora e deixando todo mundo sem nem acenar em despedida.

Stanley voltou com uma toalha enrolada na cintura, radiante, dando palmadas nas coxas. Jogou a toalha úmida por cima do chapéu e da capa dela e, plantando-se solidamente bem no centro de um quadrado de luz, começou a fazer ginástica. Respirando fundo, abaixando-se, acocorando-se feito uma rã e espichando as pernas. Sentiu tanto prazer com o corpo sólido e obediente que deu um tapa no peito e soltou um vigoroso "Ah". Mas essa admirável energia parecia interpor mundos de distância de Linda. Ela estava deitada na cama branca desarrumada e o olhava como do alto das nuvens.

– Raios! Que droga! – exclamou Stanley, depois de enfiar pela cabeça uma camisa branca engomada, que ficou presa porque algum idiota tinha fechado o colarinho.

– Você parece um peruzão gordo – disse ela.

– Gordo. Até parece. – disse Stanley. – Não tenho nenhum grama de gordura. Pegue.

– Parece de pedra, de ferro – troçou ela.

– Você ficaria surpresa – disse Stanley como se fosse algo do mais vivo interesse – com a quantidade de sujeitos no clube que criaram pança. Pessoal ainda novo, sabe, gente da minha idade.

Ele começou a repartir o cabelo ruivo denso, os olhos azuis redondos cravados no espelho, os joelhos dobrados, porque a penteadeira sempre era – vá entender – um pouco baixa demais para ele.

– O pequeno Wally Bell, por exemplo – e se endireitou, traçando sobre si uma enorme curva com a escova de cabelos. – Para falar a verdade, tenho o maior horror...

– Não se preocupe, querido. Você nunca vai ser gordo. Tem energia demais.

– É, acho que é verdade – disse ele consolado pela centésima vez e, tirando um canivete de cabo de madrepérola do bolso, começou a aparar as unhas.

– O desjejum está pronto, Stanley – Beryl estava à porta. – Ah, Linda, mamãe falou que ainda não é para você se levantar.

Enfiou a cabeça pela porta. Estava com um grande lilás nos cabelos.

– Tudo o que a gente deixou ontem à noite na varanda ficou encharcado. Você precisava ver a pobre mãezinha enxugando as mesas e as cadeiras e torcendo o pano. Mas não estragou nada... – isso com uma leve olhada de relance para Stanley.

– Você avisou o Pat para deixar a charrete pronta? São uns dez quilômetros até o escritório.

"Já posso imaginar o que vai ser, sair tão cedo para o escritório", pensou Linda. "Vai ser mesmo uma pressão e tanto."

"Pat, Pat", ela ouviu a empregada chamar. Mas claro que não era fácil achar Pat; a voz apalermada continuou a chamar pelo jardim.

Linda só voltou a descansar depois que a porta da frente bateu uma última vez, avisando que Stanley tinha realmente saído.

Mais tarde, ouviu as filhas brincando no jardim. A vozinha firme e compacta de Lottie gritava: "Ke-zia, Isa-bel". Ela vivia se perdendo ou perdendo as pessoas só para reencontrá-las, para sua grande surpresa, atrás da árvore logo em frente ou passando a curva logo adiante. "Ah, você está aí." Tiveram de sair depois do desjejum, com ordens de não voltar até serem chamadas. Isabel empurrava um carrinho cheio de bonecas todas enfeitadas, e Lottie, para seu grande prazer, teve autorização de andar ao lado dela, segurando a sombrinha de brinquedo sobre o rostinho da boneca de cera.

– Aonde você vai, Kezia? – perguntou Isabel, doida para encontrar alguma pequena tarefa doméstica para Kezia e assim poder mandar nela.

– Ah, só ali... – respondeu Kezia.

Então deixou de ouvi-las. Quanta claridade no quarto! Sempre odiava qualquer persiana aberta a qualquer hora do dia, mas de manhã era insuportável. Virou-se para a parede e, com um dedo, traçou devagar uma papoula no papel de parede, com folha, talo e um enorme botão se abrindo. No silêncio e sob o traço do dedo, a papoula pareceu ganhar vida. Ela podia sentir as pétalas firmes e sedosas, o talo penugento como a casca de uma groselha, a folha áspera e o botão liso e firme. As coisas tinham esse hábito de adquirir vida assim. Não só coisas grandes e concretas como móveis, mas cortinas, estampas das forrações, franjas das mantas e almofadas. Quantas vezes vira a franja de borlas da sua manta se transformar numa procissão engraçada de gente dançando acompanhada por um desfile de sacerdotes... Pois havia algumas borlas que não dançavam, mas andavam majestosamente, curvadas como se rezassem ou entoassem algum salmo. Quantas vezes os frascos de remédios tinham se transformado numa fila de homenzinhos de cartola marrom; quantas vezes o jarro do lavatório se assentava na bacia como um passarinho gorducho num ninho redondo...

"Essa noite sonhei com passarinhos", pensou Linda. O que era mesmo? Tinha esquecido. Mas o mais estranho nisso de adquirirem vida era o que as coisas faziam. Ouviam, pareciam se encher com algum conteúdo importante e misterioso e, quando estavam bem infladas, pareciam sorrir. Mas não era para ela, apenas, aquele sorriso matreiro secreto. Elas pertenciam a uma sociedade secreta e trocavam sorrisos entre si. Às vezes, tendo adormecido de dia, ela acordava e não conseguia mover um dedo, nem virar os olhos à esquerda ou à direita porque ELAS estavam ali; às vezes, quando saía de um aposento que então ficava vazio, sabia que, na hora em que fechava a porta, ELAS o ocupavam. E de vez em quando à noite, quando estava no andar de cima, talvez, e todos os outros estavam embaixo, dificilmente conseguiria escapar a ELAS. Não podia se apressar, não podia cantarolar; se tentasse dizer na maior despreocupação – "Vão amolar o boi" – ELAS não se deixariam enganar. ELAS sabiam o medo que sentia; ELAS viam como virava a cabeça para o outro lado ao passar pelo espelho. O que Linda sempre sentia era que ELAS queriam alguma coisa de si, e sabia que, se cedesse, ficasse quieta, mais do que quieta, silenciosa, imóvel, realmente aconteceria alguma coisa.

"Está muito quieto agora", pensou. Abriu bem os olhos e ouviu o silêncio tecendo sua teia suave infindável. Como respirava de leve; mal precisava respirar.

Sim, tudo ganhara vida, até a mais ínfima e minúscula partícula, e ela não sentia a cama, flutuava, pairava suspensa no ar. Só ela parecia ouvir com os olhos muito abertos e atentos, esperando chegar alguém que não chegava, esperando acontecer algo que não acontecia.

6

Na cozinha, à mesa comprida de pinho sob as duas janelas, a velha sra. Fairfield lavava os pratos do desjejum. A janela da cozinha dava para uma grande extensão de grama que ia até a horta e os canteiros de ruibarbo. Num dos lados do gramado ficava a lavanderia, e sobre a edícula caiada de branco crescia uma parreira. Ela notara no dia anterior que algumas gavinhas minúsculas haviam se infiltrado por algumas frestas do teto da lavanderia e que todas as janelas da edícula estavam franjadas de uma folhagem densa e crespa.

– Gosto muito de uvas – declarou a sra. Fairfield –, mas duvido que deem bem por aqui. Precisam de um sol australiano.

E lembrou uma vez em que Beryl, quando era pequenina, estava colhendo uvas brancas da parreira na varanda dos fundos da casa na Tasmânia e levou uma picada de uma formiga vermelha enorme na perna. Avistara Beryl de capinha xadrez com laçarotes vermelhos no ombro se esgoelando tanto que metade da rua veio ver o que era. E como a perna dela inchou!

– Nooossa – e a sra. Fairfield prendeu a respiração só de lembrar. – Pobrezinha, foi uma coisa pavorosa.

Apertou os lábios e foi até o fogão para pegar mais água quente. A água borbulhou na grande tina com sabão, formando uma espuma com bolhas azuis e cor-de-rosa. A velha sra. Fairfield estava com os braços nus até o cotovelo, bem avermelhados. Usava um vestido pregueado cinzento e estampado com uns amores-perfeitos roxos bem grandes, um avental de pano branco e uma touca alta de musselina branca que mais parecia uma forma decorativa de pudim. Fechando a gola, tinha um broche de prata em formato de lua crescente e cinco corujinhas encarapitadas, e no pescoço usava uma corrente de relógio feita de contas pretas.

Era difícil acreditar que não conhecesse aquela cozinha desde muitos anos, de tão integrada que estava ali. Guardava os potes com gesto seguro e preciso, indo do fogão ao guarda-louças em passos largos e tranquilos, olhando dentro do armário e da despensa como se conhecesse muito bem o lugar. Quando terminou, tudo na cozinha passara a compor um conjunto muito bem organizado. Parou no centro, enxugando as mãos num pano xadrez; nos lábios brilhou um sorriso; achou que estava muito bonito, muito satisfatório.

– Mãe! Mãe! Cadê você? – chamou Beryl.

– Aqui, querida. Quer que eu vá aí?

– Não precisa. Estou chegando – e Beryl entrou correndo, muito corada, arrastando dois quadros grandes.

– Mãe, o que eu faço com essas pinturas chinesas horrorosas que Chung Wah deu a Stanley quando faliu? É absurdo dizer que são valiosas, pois passaram meses na quitanda de Chung Wah. Não entendo por que o Stanley quer ficar com elas. Tenho certeza de que ele também as acha horrorosas, mas que é por causa das molduras – falou em tom maldoso. – Deve achar que, alguma hora, as molduras vão render alguma coisa.

– Por que você não põe no corredor? – sugeriu a sra. Fairfield. – Ali não aparecem muito.

– Não dá. Não tem espaço. Pendurei todas as fotos do escritório dele, antes e depois de ficar pronto, as fotos assinadas dos amigos de negócios e aquela ampliação horrível de Isabel estendida na esteira, em roupa de praia.

Varreu a cozinha pacífica com seu olhar furioso.

– Já sei o que fazer. Vou pendurar ali. Digo ao Stanley que pegaram umidade na mudança e que por isso vão ficar aqui por enquanto.

Puxou uma cadeira, subiu nela, tirou um martelo e um prego grande do bolso do macacão e fincou na parede.

– Pronto! Mais do que bom! Me passe os quadros, mãe.

– Espere um pouco.

A mãe estava esfregando as molduras de ébano entalhado.

– Ah, mãe, nem precisa limpar. Ia levar anos até tirar o pó de todos esses buraquinhos.

Fez uma carranca por cima da cabeça da mãe e mordeu o lábio de impaciência. O jeito da mãe de fazer as coisas, devagar, era simplesmente exasperante. Devia ser a idade, pensou com superioridade.

Finalmente os dois quadros foram pendurados, um ao lado do outro. Desceu da cadeira num salto, guardando o martelinho.

– Ali não ficam tão ruins, não? – disse ela. – E, de qualquer modo, ninguém vai precisar olhar para eles, tirando Pat e a empregada. Tem algum fio de teia de aranha na minha cara, mãe? Andei revirando aquela cristaleira embaixo da escada e agora tem alguma coisa coçando no meu nariz.

Mas, antes que a sra. Fairfield tivesse tempo de olhar, Beryl já tinha se virado. Alguém estava batendo à janela: era Linda, sorrindo e acenando a cabeça. Ouviram o barulho da lingueta na porta da copa, e ela entrou. Estava sem chapéu; o cabelo estava em cachos revoltos e ela, embrulhada num xale velho de cashmere.

– Estou morta de fome – disse Linda. – Onde acho alguma coisa para comer, mãe? É a primeira vez que estou entrando na cozinha. Toda ela grita "mãe!"; está tudo aos pares.

– Vou fazer um chá – disse a sra. Fairfield, estendendo uma toalhinha limpa num canto da mesa –, e Beryl pode tomar uma xícara também.

– Beryl, quer metade do meu pão de mel? – Linda acenou com a faca na direção dela. – Beryl, agora que chegamos, está gostando da casa?

– Ah, sim, estou adorando a casa, e o jardim é lindo, mas acho que é muito longe de tudo. Não consigo imaginar ninguém vindo da cidade nos visitar naquele ônibus pavoroso aos solavancos, e tenho certeza de que não há ninguém aqui para ir visitar. Claro que, para você, não faz diferença pois...

– Mas tem a charrete – disse Linda. – Pat pode te levar à cidade sempre que você quiser.

Era um consolo, sem dúvida, mas havia alguma coisa lá no fundo dos pensamentos de Beryl, uma coisa que ela não dizia nem a si mesma.

– Bom, não vamos morrer por causa disso – falou secamente, pousando a xícara vazia, pondo-se de pé e se espreguiçando. – Vou pendurar as cortinas.

E saiu cantando:

Quantos mil passarinhos em bando,
Em todas as árvores gorjeando...

"...passarinhos em bando, Em todas as árvores gorjeando..." Mas, quando chegou à sala de jantar, ela parou de cantar, a expressão de seu rosto mudou e ficou sombria e taciturna.

– Lugar perfeito para apodrecer – murmurou com raiva, fincando os alfinetes de gancho de cobre rígido nas cortinas de sarja vermelha.

As duas na cozinha ficaram quietas por algum tempo. Linda apoiou a face na mão e observou a mãe. Ela lhe parecia linda, maravilhosa, de costas para a janela franjada de folhagem. Havia algo reconfortante em sua imagem que parecia indispensável a Linda, durante toda a sua vida. Precisava do perfume suave de sua pele, da maciez do rosto e da maciez ainda maior dos braços e ombros. Adorava o ondulado dos cabelos dela, prateados na testa, mais claros na nuca e ainda de um castanho vivo no grande coque sob a touca de musselina. Como eram delicadas suas mãos, e os dois anéis que ela usava pareciam se fundir na pele sedosa. E com uma aparência sempre tão fresca, tão agradável. A única coisa que a senhora de idade tolerava no corpo era linho e tomava banho frio no verão e no inverno.

– Não tem nada para eu fazer? – perguntou Linda.

– Não, querida. Gostaria que você fosse até o jardim e desse uma olhada em suas filhas; mas isso eu sei que você não faz.

– Claro que faço, mas você sabe que Isabel é muito mais adulta do que qualquer uma de nós.

– Sim, mas Kezia não – respondeu a sra. Fairfield.

– Ora, Kezia foi atacada por um touro horas atrás.

Mas não; Kezia tinha visto um touro pelo furo de um nó da cerca que fazia a separação entre o campo de tênis e os pastos. Mas tinha se apavorado com ele, e por isso voltou atravessando o pomar, subindo a encosta relvada, seguindo a trilha dos paus-de-renda e então entrando na vegetação emaranhada do vasto jardim. Parecia-lhe impossível não se perder nesse jardim. Precisou voltar duas vezes aos portões grandes de ferro que tinham atravessado na noite anterior, então virando para subir pelo caminho que levava até a casa, mas dos dois lados havia inúmeras trilhas menores. Num dos lados, todas levavam a um entrançado de árvores altas e escuras e arbustos esquisitos com folhas chatas aveludadas e flores claras plumosas que zumbiam de insetos quando a gente sacudia – este era o lado de dar medo, não era um jardim, de jeito nenhum. As trilhazinhas daqui eram úmidas e enlameadas, com raízes de árvores se espalhando nelas como pegadas de alguma ave gigante.

Mas no outro lado do caminho havia uma cerca alta de buxos, as trilhas eram margeadas de buxos e todas levavam a um emaranhado cada vez mais denso de flores. As camélias estavam em flor, listradas de branco e carmim e de rosa e branco com folhas faiscantes. Não dava para ver sequer uma folha das touceiras de lilases por causa das pencas de flores brancas. As roseiras estavam floridas – rosas de lapela, brancas e pequeninas, mas tão cheias de insetos que nem dava para aproximar o nariz para cheirá-las, sempre-floridas que deixavam um círculo de pétalas caídas no chão, rosas-de-cem--folhas em talos grossos, rosas-de-musgo sempre em botão, rosas trepadeiras com pétalas se abrindo em curva, aveludadas vermelhas de tom tão intenso que pareciam negras ao cair, e uma cor de creme com talo fino vermelho e folhas escarlates brilhantes.

Havia dedaleiras em touças e gerânios de todo tipo, havia pés de verbena, moitas de lavanda azulada, um canteiro de malva-cheirosa com o centro aveludado e folhas como asas de mariposa. Havia um canteiro só de *mignonette* perfumada e outro só de amores-perfeitos – com bordaduras de margaridas simples e dobradas e as mais variadas plantinhas de tufos que Kezia nunca tinha visto antes.

Os lírios-tocha eram mais altos do que ela; os girassóis mexicanos formavam uma pequena selva. Sentou-se num dos buxos que orlavam o jardim. Se apertasse antes com bastante força, ficava bom de sentar. Mas como era cheio de terra por dentro! Kezia se inclinou para olhar, espirrou e esfregou o nariz.

E então se viu no alto da encosta relvada e ondulada que levava ao pomar... Olhou o declive por um instante, então deitou de costas, deu um gritinho e desceu rolando até a relva densa do pomar florido. Enquanto continuava deitada, esperando que as coisas parassem de girar, decidiu subir até a casa e pedir à empregada uma caixa de fósforos vazia. Queria fazer uma surpresa para a avó... Primeiro ia pôr uma folha dentro da caixa, com uma violeta bem grande por cima, aí então talvez pusesse dois cravinhos brancos bem pequeninos, um de cada lado da violeta, e espalharia um pouco de alfazema por cima, mas sem cobrir as corolas.

Volta e meia fazia dessas surpresas para a avó, e era sempre um grande sucesso.

– Quer um fósforo, vozinha?

– Ora, querida, exatamente o que estava procurando.

A avó abriu devagar a caixa e topou com a montagem ali dentro.

– Que coisa, menina! Que surpresa e tanto!

"Aqui posso fazer todo dia um desses para ela", pensou escalando a relva com os sapatos escorregadios.

Mas, voltando para casa, chegou àquela ilha que ficava no meio da aleia, dividindo o caminho em dois braços que se juntavam de novo na frente da casa. A ilha era um terreno alto e gramado. Não havia nada nele, apenas uma planta imensa de folhas gordas espinhosas, verde-acinzentadas, com um talo alto no centro. Algumas folhas eram tão velhas que não conseguiam mais se sustentar recurvas no ar; pendiam, rachadas e quebradas; algumas se estendiam aplastadas e murchas no chão.

O que era aquilo? Nunca tinha visto nada parecido. Parou e ficou olhando. E então viu a mãe descendo.

– Mãe, o que é isso? – perguntou Kezia.

Linda fitou a planta carnuda e intumescida com suas folhas cruéis e o talo robusto. Erguendo-se muito acima delas, embora parada no ar, mas prendendo-se com tanta firmeza à terra de onde brotava que mais parecia ter garras do que raízes. As folhas encurvadas pareciam esconder alguma coisa; o talo reto cortava o ar como se jamais vento algum pudesse vergá-lo.

– É um aloé, Kezia – disse a mãe.

– Dá flor?

– Dá, Kezia – e Linda sorriu para ela e semicerrou os olhos. – Uma vez a cada cem anos.

7

Voltando do escritório para casa, Stanley Burnell parou a charrete na Bodega, desceu e comprou um frasco grande de ostras. Na loja do chinês, ao lado, comprou um abacaxi bem no ponto e, vendo um cesto de cerejas pretas frescas, disse a John que queria também uma libra delas. As ostras e o abacaxi ele pôs na boleia, por baixo do assento dianteiro, mas as cerejas levou na mão.

Pat, o empregado, saltou da boleia e ajeitou outra vez a manta marrom nele.

– Erga os pés, sr. Burnell, enquanto dobro por baixo – disse.

– Certo, certo! Ótimo! – disse Stanley. – Agora vamos direto para casa.

Pat tocou de leve na égua cinzenta e a charrete partiu.

"Ele me parece um sujeito de primeira", pensou Stanley. Gostou da imagem de si mesmo sentado ali de chapéu-coco castanho, de sobretudo castanho bem alinhado. Gostou do jeito como Pat o agasalhou, e gostou do seu olhar. Não havia nada de servil nele – e se havia uma coisa que detestava acima de tudo era o servilismo. E ele parecia contente com o serviço – feliz e satisfeito.

A égua cinzenta ia muito bem; Burnell estava impaciente para sair da cidade. Queria chegar em casa. Ah, que maravilha morar no campo – sair daquele buraco de cidade depois de fechar o escritório, com esse passeio ao ar livre e tépido, sabendo que sua casa ficava no outro extremo, com o jardim e os pastos, as três vacas excelentes, galinhas e patos suficientes para abastecer a casa, era também uma maravilha.

Quando finalmente deixaram a cidade e seguiram a estrada vazia, seu coração batia forte de alegria. Remexeu o pacote e começou a comer as cerejas, três ou quatro por vez, atirando os caroços pela lateral da charrete. Estavam uma delícia, fresquinhas e carnudas, sem nenhuma mancha nem pisadura.

Olhe essas duas, agora – pretas de um lado e brancas do outro – perfeitas! Parzinho perfeito de gêmeas siamesas. Enfiou-as na botoeira. Por Júpiter, não se incomodaria em dar um punhado àquele sujeito ali – mas não, melhor não. Melhor esperar até ter mais tempo de casa.

Começou a planejar o que faria com as tardes de sábado e os domingos. Não almoçaria no clube no sábado. Não, ia sair do escritório o mais cedo possível e, chegando em casa, pediria que lhe trouxessem algumas fatias de carne fria e meio pé de alface. E então receberia alguns conhecidos da cidade para jogar tênis à tarde. Não muitos – três, no máximo. Beryl também jogava bem... Esticou o braço direito e dobrou devagar, sentindo o músculo... Um banho, uma boa fricção, um charuto na varanda depois do jantar...

No domingo de manhã, iriam à igreja – todos, as crianças também. O que lhe lembrou que precisava comprar um banco, de preferência no lado do sol e bem na frente, para evitar a correnteza de ar que entrava pela porta. Viu-se na imaginação entoando numa bela voz: "Quando venceste a Morte e seu *Aguiii*lhão, logo abriste a teus Fiéis as portas do *Reeei*no dos Céus". E viu a plaqueta elegante com bordas de cobre na lateral do banco – Sr. Stanley Burnell e família... O resto do dia, ele passaria à toa com Linda... Agora passeavam pelo jardim de braços dados, e ele lhe explicava longamente o que pretendia fazer no escritório na semana seguinte. Ouvia-a dizer: "Meu querido, parece-me muito sensato...". Comentar as coisas com Linda era muito útil, embora costumassem se desviar do assunto.

Mas que raios! Não estavam indo muito rápido. Pat tinha reduzido a marcha outra vez. Puxa, que coisa mais desagradável! Podia sentir na boca do estômago.

Uma espécie de pânico se apoderava de Burnell sempre que se aproximava de casa. Antes mesmo de cruzar o portão, gritava a qualquer um que estivesse à vista: "Está tudo bem?". E mesmo então só acreditava quando ouvia Linda: "Olá! Já chegou?". O pior de morar no campo era isso – o tempão desgraçado que levava para chegar em casa... Mas agora não estavam muito longe. Estavam no alto da última colina; agora vinha um declive suave até o final, uns oitocentos metros, não mais.

Pat roçou o chicote de leve no lombo da égua e atiçou:

– Upa, upa, vamos lá.

Faltavam alguns minutos para o pôr do sol. Estava tudo imóvel, sob um banho de luz metálica e cintilante, e das pastagens de ambos os lados subia o cheiro adocicado de capim maduro. Os portões de ferro estavam abertos. Atravessaram rápido, subiram pela aleia, contornaram a ilha, parando bem no meio da varanda.

– Que tal, gostou dela, seu Stanley? – perguntou Pat, saindo da boleia e abrindo um sorriso largo para o patrão.

– Muito boa, sim, Pat – respondeu Stanley.

Linda saiu pela porta envidraçada; a voz vibrou no silêncio em penumbra:

– Olá! De volta em casa?

Ao som da voz, o coração dele bateu tão forte que mal conseguiu conter o ímpeto de subir correndo os degraus e tomá-la nos braços.

– De volta, sim. Tudo certo?

Pat começou a manobrar a charrete para o portão lateral que levava ao pátio.

– Ei, espere – disse Burnell. – Me dê aqueles dois pacotes.

E disse a Linda:

– Eu lhe trouxe um frasco de ostras e um abacaxi – falou como se lhe trouxesse todas as safras do mundo.

Foram para o vestíbulo; Linda levava as ostras numa das mãos e o abacaxi na outra. Burnell fechou a porta de vidro, arrancou o chapéu, abraçou e estreitou Linda junto de si, beijando-lhe a cabeça, as orelhas, os lábios, os olhos.

– Querido, querido! – disse ela. – Espere um pouco. Deixe eu apoiar essas coisas em algum lugar.

Pôs o frasco de ostras e o abacaxi numa pequena cadeira entalhada.

– O que é isso na sua botoeira? Cerejas?

Tirou-as dali e colocou por cima da orelha dele.

– Não faça isso, querida. São para você.

Assim ela tirou as cerejas da orelha dele.

– Não se incomoda se eu não comer agora? Me estragariam o apetite para o jantar. Venha ver suas filhas. Estão tomando chá.

A lamparina na mesa do quarto de brincar estava acesa. A sra. Fairfield estava cortando o pão e passando manteiga. As três meninas estavam sentadas à mesa, cada qual usando um guardanapo no peito, com o respectivo nome bordado. Limparam a boca quando o pai entrou para ganhar um beijo. As janelas estavam abertas; na cornija da lareira havia um vaso de flores silvestres, e a lamparina criava um círculo grande de luz suave no teto.

– Vocês parecem muito bem instaladas, mãe – disse Burnell, pestanejando à luz. Isabel e Lottie estavam sentadas nos dois lados da mesa, Kezia na ponta – a cabeceira estava vazia.

"Aquele lugar vai ser para o meu garoto", pensou Stanley. Abraçou com mais força o ombro de Linda. Santo Deus, era um verdadeiro tonto por se sentir tão feliz assim!

– Sim, Stanley. Estamos muito bem instaladas – disse a sra. Fairfield, cortando o pão de Kezia em fatias de um dedo de espessura.

– Melhor que a cidade, meninas? – perguntou Burnell.

– Ah, sim – responderam as três, e Isabel complementou: – Realmente agradecemos muito, querido pai.

– Vamos subir – disse Linda. – Vou lhe trazer os chinelos.

Mas a escada era estreita demais para subirem de braços dados. O quarto estava muito escuro. Ele ouviu o retinir do anel dela na cornija de mármore da lareira, tateando em busca dos fósforos.

– Eu tenho, querida. Vou acender as velas.

Mas, em vez disso, aproximou-se por trás dela, cercou-a com os braços, apertando-a junto ao ombro.

– Sinto uma felicidade atordoante – disse ele.

– É mesmo?

Ela se virou, pôs as mãos no peito dele e ergueu os olhos para fitá-lo.

– Não sei o que me deu – justificou-se ele.

Agora estava totalmente escuro lá fora e caía um sereno pesado. Ao fechar a janela, Linda sentiu o orvalho frio na ponta dos dedos. Um cão latia à distância.

– Acho que vai ser lua cheia – disse ela.

A essas palavras e com o frio do sereno nos dedos, ela sentiu como se a lua já tivesse nascido – como se estranhamente ficasse a descoberto sob uma torrente de luz fria. Estremeceu; afastou-se da janela e se sentou no divã turco ao lado de Stanley.

***

Na sala de jantar, ao tremeluzir do fogo na lareira, Beryl se sentou num escabelo tocando violão. Tinha tomado banho e trocado de roupa. Agora estava com um vestido de musselina branca de bolinhas pretas e uma rosa de seda negra no cabelo, presa com um grampo.

A natureza foi descansar, amor;
Veja, agora estamos a sós.

Dê-me a mão e fiquemos, amor,
De mãos dadas entre nós.

Tocava e cantava mais para si mesma, pois via-se a si mesma tocando e cantando. O fogo cintilava em seus sapatos, no corpo rosado do violão e em seus dedos níveos...

"Se eu estivesse lá fora, olhasse aqui dentro pela janela e me visse, ficaria realmente fascinada", pensou ela. Tocou o acompanhamento com suavidade ainda maior – agora sem cantar, apenas ouvindo.

... "A primeira vez que te vi, mocinha – ah, você nem imaginava que não estava sozinha –, você estava sentada com os pezinhos apoiados num escabelo, tocando violão. Meu Deus, nunca vou esquecer..."

Beryl ergueu a cabeça e voltou a cantar:

Até a lua está cansada...

Mas então ouviu-se uma batida forte à porta. Apareceu a cara rubicunda da empregada.

– Com licença, senhorita Beryl, preciso entrar e servir.

– Claro, Alice – disse Beryl em tom gélido.

Apoiou o violão num canto. Alice entrou com uma bandeja pesada e preta de ferro.

– Aquele forno dá um trabalho e tanto – disse ela. – Não posso deixar nada tostar demais.

– Verdade – disse Beryl.

Mas não, não conseguia suportar aquela tonta. Saiu correndo para a sala de estar às escuras e começou a andar de um lado a outro... Estava agitada, muito agitada. Sobre a lareira havia um espelho. Deixou os braços ao longo do corpo e fitou o reflexo pálido no espelho. Que bonita que era! Mas não havia ninguém para ver, ninguém.

– Por que você precisa sofrer tanto? – perguntou o rosto no espelho. – Você não foi feita para sofrer... Sorria!

Beryl sorriu, e de fato seu sorriso era tão encantador que sorriu de novo – mas desta vez porque não pôde evitar.

8

– Bom dia, sra. Jones.

– Ah, bom dia, sra. Smith. Que bom vê-la! Trouxe as crianças?

– Trouxe os meus dois gêmeos. Desde a última vez que nos vimos, tive mais uma filhinha, mas veio tão de surpresa que ainda não tive tempo de fazer as roupinhas. Então deixei em casa... Como vai o seu marido?

– Ah, muito bem, obrigada. Ele pegou um resfriado terrível, mas a Rainha Vitória – ela é a minha madrinha, como a senhora sabe – mandou uma caixa de abacaxis e ele sarou imediatamente. Aquela ali é a sua nova empregada?

– É, sim. Chama-se Gwen. Estou com ela faz apenas dois dias. Ah, Gwen, esta é a minha amiga, a sra. Smith.

– Bom dia, sra. Smith. Vai levar ainda uns dez minutos até o jantar ficar pronto.

– Não creio que fosse o caso de me apresentar à sua empregada. Penso que bastava eu me dirigir a ela.

– Bem, ela é mais uma acompanhante do que uma empregada, e acompanhantes a gente apresenta, sei disso porque a sra. Samuel Josephs tinha uma.

– Está bem, não tem importância – disse a criada em tom displicente, batendo um creme de chocolate com um pedaço de cabide quebrado.

O jantar assava lindamente num degrau de cimento. Ela começou a estender a toalha num banco de jardim cor-de-rosa. Pôs na frente de cada lugar duas folhas de gerânio como pratos, uma agulha de pinheiro como garfo e um graveto como faca. Os ovos escalfados eram três flores de margarida em cima de uma folha de louro, a carne fatiada eram algumas pétalas de fúcsia recortadas, havia uns lindos risólis feitos de barro com sementes de dente-de-leão, além do creme de chocolate que decidiu servir na própria concha de marisco que usou para cozê-lo.

– Não precisa se incomodar com minhas crianças – disse gentilmente a sra. Smith. – Por favor, apenas pegue essa garrafa e encha na torneira, quer dizer, no latão de leite.

– Ah, está bem – disse Gwen, e cochichou à sra. Jones – Será que peço um pouco de leite de verdade para a Alice?

Mas lá da frente de casa chamaram, e o grupo do almoço se desfez, deixando a linda mesinha, deixando os risólis e os ovos escalfados para as formigas e para um velho caracol, o qual impeliu os chifrinhos trêmulos pela beirada do banco de jardim e começou a mordiscar um prato de gerânio.

– Venham pela frente, meninas. Pip e Rags chegaram.

Os meninos Trout eram os primos que Kezia mencionara ao quitandeiro. Moravam numa casa chamada Chalé da Araucária, a cerca de um quilômetro e meio de distância. Pip era espigado para a idade, de cabelo preto escorrido e cara branca, mas Rags era muito miúdo e tão magro que, quando tirava a roupa, as omoplatas nas costas pareciam duas asinhas. Tinham um cachorro mestiço de olhos azuis claros e um rabo comprido virado para cima que os seguia por toda parte; chamava-se Snooker. Passavam metade do tempo penteando e escovando Snooker e lhe ministrando várias infusões horrorosas preparadas por Pip, que ele guardava ciosamente dentro de um jarro quebrado, vedado com a tampa de uma chaleira velha. Nem o fiel Rags tinha acesso ao segredo completo desses preparados... Pegue um pouco de pó dentifrício fenólico e uma pitada de pó sulfúrico bem fino, e talvez um bocadinho de amido para endurecer a pelagem de Snooker... Mas não era só isso; Rags pensava com seus botões que também ia pólvora... E nunca podia ajudar a preparar a mistura por causa do perigo... "Ora, se um tico disso entrar no seu olho, você vai ficar cego para o resto da vida", dizia Pip, mexendo a mistura com uma colher de ferro. "E sempre há o risco, veja bem, apenas o risco de explodir se bater forte demais... Duas colheradas numa lata de querosene dão para matar milhares de pulgas." Mas Snooker passava todo o resto do tempo se coçando e fungando, e fedia que era um horror.

"É porque é um ótimo cachorro de briga", dizia Pip. "Todo cachorro de briga tem cheiro forte."

Os meninos Trout muitas vezes passavam o dia com as meninas Burnell na cidade, mas, agora que elas moravam nessa bela casa e nesse jardim fantástico, estavam propensos a se mostrar muito simpáticos. Além disso, os dois gostavam de brincar com garotas – Pip porque assim podia atazaná-las e Lottie se assustava à toa, e Rags por uma razão embaraçosa. Adorava bonecas. Como gostava de contemplar uma boneca enquanto dormia, falando baixinho e sorrindo tímido, e que prazer quando lhe deixavam segurar alguma...

– Arredonde os braços em volta dela. Não fique com eles tão duros assim. Desse jeito ela vai cair – dizia Isabel em tom severo.

Agora estavam de pé na varanda, segurando Snooker, que queria entrar na casa, mas não podia porque a tia Linda detestava um bom cachorro.

– Viemos de ônibus com a mãe – disseram eles – e vamos passar a tarde com vocês. Trouxemos uma fornada do nosso pão de mel para a tia Linda. Foi a nossa Minnie que fez. É cheio de frutas secas.

– Eu que despelei as amêndoas – disse Pip. – Metia a mão dentro de uma panela de água fervendo, tirava um punhado, dava uma espécie de beliscão nelas, a casca soltava e as amêndoas saíam, umas voando tão alto que batiam no teto. Não foi, Rags?

Rags assentiu.

– Quando fazem bolo lá em casa – disse Pip –, sempre ficamos na cozinha, Rags e eu. Eu fico com a tigela e ele pega a colher e o batedor de claras. Pão-de-ló é o melhor de todos. Fica todo espumoso.

Desceu correndo os degraus da varanda até o gramado, pôs as mãos no chão, dobrou-se para a frente e ficou quase de ponta-cabeça.

– Essa grama é toda irregular – disse ele. – Precisa de um lugar plano para plantar bananeira. Lá em casa, dou a volta de ponta-cabeça em toda a araucária. Não é mesmo, Rags?

– Quase – disso Rags baixinho.

– Plante bananeira na varanda. Lá é bem plano – disse Kezia.

– Não, espertinha – respondeu Pip. – Precisa ser um lugar macio. Pois, se você dá um mau jeito e cai, alguma coisa no pescoço se solta e ele quebra. Papai que me falou.

– Vamos brincar de alguma coisa – disse Kezia.

– Muito bem – falou Isabel depressa. – Vamos brincar de hospital. Eu sou a enfermeira, Pip pode ser o médico, você, Lottie e Rags são os doentes.

Lottie não queria brincar de hospital porque da última vez Pip espremeu alguma coisa dentro da sua garganta e doeu demais.

– Que nada – troçou Pip. – Era só um pouco de suco de uma casca de mexerica.

– Bom, então vamos brincar de casinha – disse Isabel. – Pip pode ser o pai e vocês todos serão nossos queridos filhos.

– Detesto brincar de casinha – disse Kezia. – Você sempre faz a gente ir à igreja de mãos dadas e, quando a gente chega em casa, tem de ir dormir.

De repente Pip tirou do bolso um lenço todo emporcalhado e chamou:

– Snooker! Aqui!

Mas Snooker, como sempre, tentou escapulir, com o rabo entre as pernas. Pip saltou em cima dele, prendendo-o entre os joelhos.

– Segure firme a cabeça dele, Rags – disse e amarrou o lenço na cabeça de Snooker, dando um nó engraçado que ficava espetado no alto.

– Para que é isso? – perguntou Lottie.

– É para forçar as orelhas a crescer mais perto da cabeça, entende? – respondeu Pip. – Todos os cachorros de briga têm a orelha para trás. Mas as orelhas do Snooker são meio moles demais.

– Sei – disse Kezia. – Ficam sempre pendendo. Detesto isso.

Snooker se deitou, fez com a pata uma tentativa débil de tirar o lenço, mas, vendo que não conseguia, foi atrás da criançada, infeliz da vida.

9

Pat chegou gingando; trazia na mão uma machadinha que faiscava ao sol.

– Venham comigo – disse às crianças – e mostro para vocês como os reis da Irlanda degolam os patos.

Elas recuaram – não acreditaram nele e, além do mais, os meninos Trout nunca tinham visto Pat na vida.

– Venham – falou em tom de agrado, sorrindo e estendendo a mão para Kezia.

– Um pato de verdade? Lá do pasto?

– É – respondeu Pat.

Ela lhe tomou a mão dura e calejada, e ele enfiou a machadinha no cinto e estendeu a outra mão para Rags. Adorava crianças.

– É melhor eu segurar o Snooker pela cabeça se for correr sangue – disse Pip –, porque ele fica fora de si quando vê sangue.

Correu na frente puxando Snooker pelo lenço.

– Vocês acham que devemos ir? – sussurrou Isabel. – Não pedimos permissão nem nada. Não é?

No fundo do pomar havia um portão na cerca. Do outro lado, uma ribanceira íngreme descia até uma ponte que cruzava o riacho e, chegando na margem do outro lado, já começavam os pastos. Um pequeno estábulo velho no primeiro pasto fora transformado em galinheiro. As galinhas estavam espalhadas lá na outra ponta do pasto, numa várzea, mas os patos se mantinham perto daquela parte do riacho que corria debaixo da ponte.

Por cima do córrego estendia-se a ramagem de arbustos de boa altura, com folhas vermelhas, flores amarelas e cachos de amoras pretas. Em alguns lugares, o córrego era largo e raso, mas em outros a água se precipitava em pequenas depressões que espumavam e borbulhavam. Era nessas depressões que os grandes patos brancos se sentiam em casa, nadando e tomando água à vontade entre as margens cheias de capim.

Nadavam de cá para lá, alisando as penas do peito deslumbrante, e outros patos com o mesmo peito deslumbrante e bico amarelo nadavam junto com eles.

– Eis a pequena marinha irlandesa – disse Pat –, e vejam o velho almirante ali, de pescoço verde e o imponente mastro de bandeira na cauda.

Ele tirou do bolso um punhado de grãos e tomou o rumo do galinheiro, devagar, o chapéu de palha com a copa rasgada puxado sobre os olhos.

– Titi. Tititi – chamou ele.

– Quém-quém. Quém-quém-quém – responderam os patos, vindo para a terra e, batendo as asas e escalando a margem, puseram-se numa fila comprida e lá foram bamboleando atrás dele.

Para atraí-los, Pat chacoalhava os grãos na concha da mão e fingia atirá-los, sempre chamando, até que se juntaram num círculo branco ao seu redor.

Lá de longe as galinhas ouviram a algazarra e também vieram correndo pelo pasto, projetando a cabeça, abrindo as asas, girando os pés daquele jeito bobo de correr das galinhas e ranzinzando enquanto se aproximavam.

Então Pat espalhou os grãos e os patos gulosos começaram a comer com avidez. De repente ele se abaixou, pegou dois, pondo cada um debaixo de um braço, e em passos largos foi até as crianças. O pescoço esticado e os olhos arregalados dos patos assustaram a meninada, exceto Pip.

– Venham, seus bobos – gritou Pat –, eles não mordem. Nem dentes têm. Só têm esses dois buraquinhos no bico para respirar.

E perguntou:

– Quem segura um deles enquanto acabo com o outro?

Pip soltou Snooker.

– Posso? Posso? Dê cá. Por mais que ele esperneie, não faz mal.

Quase explodiu em soluços de alegria quando Pat lhe pôs nos braços aquele volume branco.

Havia um cepo velho ao lado da porta do galinheiro. Pat agarrou o pato pelas pernas, pôs de atravessado no cepo e quase no mesmo instante a machadinha desceu e a cabeça do pato voou longe. O sangue esguichou nas penas brancas e na mão dele.

Quando as crianças viram o sangue, o medo passou. Juntaram-se em volta de Pat e começaram a gritar. Até Isabel desatou a exclamar:

– O sangue! O sangue!

Pip esqueceu totalmente o seu pato. Simplesmente atirou-o de lado e berrou, aos pulos em volta do toco de madeira:

– Eu vi! Eu vi!

Rags, com o rosto branco feito papel, correu até a cabecinha, esticou um dedo como se quisesse tocar nela, retraiu o dedo e esticou de novo. Tremia da cabeça aos pés.

Até Lottie, a pequena Lottie medrosinha, começou a rir, apontou para o pato e gritou em voz esganiçada:

– Olhe, Kezia, olhe.

– Agora vejam! – exclamou Pat.

Ele pôs o corpo do pato no chão, que começou a andar se bamboleando, espirrando sangue de onde antes ficava a cabeça; foi se dirigindo sem nenhum ruído para a ribanceira que levava ao riacho... Foi a grande maravilha a coroar a cena.

Pip se esgoelava, correndo entre as meninas e puxando o avental delas:

– Estão vendo? Estão vendo?

– Parece uma maquininha. Parece um trenzinho engraçado – gritava Isabel em voz aguda.

Mas de repente Kezia correu até Pat, abraçou suas pernas e comprimiu a cabeça entre seus joelhos com toda a força que conseguia.

– Bota ela de volta! Bota ela de volta! – gritava.

Quando ele se abaixou, ela não o soltou nem afastou a cabeça. Segurava com toda a força que conseguia e repetia aos soluços, "Bota de volta! Bota de volta", até virar uma cantilena sonora e estranha.

– Ele parou. Caiu. Morreu – disse Pip.

Pat pegou Kezia no colo. A touca de sol estava caída para trás, mas ela não deixou que Pat olhasse seu rostinho. Não, afundou o rosto no ombro dele e trançou as mãos por trás da sua nuca.

A gritaria da criançada parou tão de repente como tinha começado. Rodearam o pato morto. Rags não sentia mais medo da cabeça. Ajoelhou-se e tocou nela.

– Acho que a cabeça ainda não morreu direito – disse ele. – Será que, se eu der algo para ela beber, vai continuar viva?

Mas Pip ficou muito bravo:

– Ora, deixe de ser bobo.

Chamou Snooker com um assobio e foi embora.

Quando Isabel se aproximou de Lottie, Lottie se afastou de repelão.

– Por que você vive me pegando, Isabel?

– Pronto, pronto – disse Pat a Kezia – Boa menina.

Ela destrançou as mãos e tocou nas orelhas dele. Sentiu alguma coisa. Ergueu devagar a carinha trêmula e olhou. Pat usava duas argolinhas de ouro nos lóbulos. Ela nunca ouvira falar que homens usassem brinco. Ficou imensamente surpresa.

– É de pôr e tirar? – perguntou em voz rouca.

10

Lá na casa, na cozinha quente e asseada, Alice, a empregadinha, estava tomando o chá da tarde. Estava "arrumada". Usava um vestido de pano preto que cheirava embaixo do braço, um avental branco que parecia uma folha de papel bem grande, um laço de renda preso no cabelo com duas fivelinhas redondas. Também tinha trocado os chinelos de pano confortáveis por um calçado de couro preto que apertava o calo do dedinho, doendo muito...

Fazia calor na cozinha. Uma varejeira zumbia, da chaleira saía um bafo de vapor esbranquiçado e a tampa se sacudia numa dança barulhenta enquanto a água fervia. Ouvia-se o tique-taque do relógio no ar quente, lento e pausado, como o estalido das agulhas de tricô de alguma velha, e às vezes – sem razão nenhuma, pois não havia a mais leve aragem – a persiana se mexia, batendo na janela.

Alice estava fazendo sanduíches de agrião. Na mesa, havia um bloco de manteiga num prato, um filão de pão e as folhas de agrião amontoadas num pano branco.

Mas, apoiado na vasilha da manteiga, havia um livrinho sujo e engordurado, meio descosturado, com as páginas desbeiçadas, e, enquanto amassava a manteiga, ela ia lendo:

"Sonhar com besouros pretos puxando um carro fúnebre é mau sinal. Significa a morte de alguém próximo ou querido, que pode ser pai, marido, irmão, filho ou noivo. Se os besouros andarem para trás enquanto você olha, é sinal de morte por fogo ou queda de grande altura como uma escada, um andaime etc.

"Aranhas. Sonhar com aranhas rastejando em você é bom sinal. Significa uma grande soma de dinheiro em breve. Se houver gravidez na família, pode-se esperar um bom parto. Mas deve-se tomar cuidado no sexto mês, evitando comer mariscos provavelmente dados de presente..."

Quantos mil passarinhos em bando.

Oh, céus. Lá vinha a srta. Beryl. Alice soltou a faca e empurrou o *Livro dos sonhos* sob a vasilha da manteiga. Mas não deu tempo de esconder direito, pois Beryl entrou rápido na cozinha e foi direto até a mesa, e a primeira coisa em que pôs os olhos foram aquelas páginas gordurentas. Alice viu o sorrisinho significativo da srta. Beryl, o jeito como ergueu as sobrancelhas e revirou os olhos, como se não soubesse bem o que era aquilo. Se a srta. Beryl perguntasse, decidiu que responderia: "Nada que lhe diga respeito, senhorita". Mas sabia que ela não ia perguntar.

Alice, na verdade, era muito cordata, mas tinha as réplicas mais surpreendentes para perguntas que sabia que jamais lhe fariam. Elaborá-las, remoê-las o tempo todo na cabeça lhe dava uma sensação reconfortante tão grande como se as dissesse. De fato, era como se mantinha viva em locais onde se sentia tão atormentada que tinha medo de se deitar à noite com uma caixa de fósforos na mesinha, pois vai que comesse a cabeça dos palitos durante o sono, como se diz.

– Ah, Alice – disse a srta. Beryl. – Temos uma pessoa a mais para o chá; então, por favor, esqueça um prato dos bolinhos de ontem. E sirva o pão de ló recheado e também o bolo de café. E não se esqueça de pôr as toalhinhas de renda embaixo dos pratos, está bem? Ontem você esqueceu, e a mesa do chá ficou tão feia e sem graça... E, Alice, não use mais aquele abafador velho horroroso, verde e cor-de-rosa, no bule do chá da tarde. É para usar só de manhã. Na verdade, creio que ele deve ficar para a cozinha – está que é um trapo e com cheiro muito forte. Use o japonês. Entendeu bem?

A srta. Beryl tinha terminado.

Em todas as árvores gorjeando...

Saiu cantando da cozinha, muito satisfeita com o tratamento firme que dera a Alice.

Ah, Alice ficou furiosa. Não se importava que lhe chamassem a atenção, mas havia alguma coisa no jeito como a srta. Beryl falava com ela que não conseguia suportar. Ah, não conseguia mesmo. Ela se abespinhava por dentro, como se diz, e tremia de raiva. Mas o que Alice realmente odiava era que a srta. Beryl a fazia se sentir inferior. Falava com Alice num tom de voz especial, como se simplesmente nem estivesse ali, e nunca perdia a paciência com ela, nunca. Mesmo quando Alice derrubava alguma coisa ou esquecia algo importante, a srta. Beryl parecia já esperar por isso.

"Por favor, sra. Burnell", disse uma Alice imaginária, enquanto passava manteiga nos bolinhos, "prefiro não receber ordens da srta. Beryl. Posso ser apenas uma simples empregada que não sabe tocar violão, mas..."

Gostou tanto dessa última alfinetada que recuperou a calma.

"A única coisa a fazer", ouviu ela enquanto abria a porta da sala de jantar, "é remover totalmente as mangas e pôr nos ombros uma faixa larga de veludo negro..."

11

Quando Alice colocou o pato branco diante de Stanley Burnell naquela noite, não parecia que algum dia a ave tivesse tido uma cabeça. Jazia numa travessa azul numa resignação belamente corada, as pernas amarradas com um barbante, enfeitado com uma guirlanda de bolinhas feitas com o recheio.

Era difícil saber qual dos dois, Alice ou o pato, estava mais corado; ambos tinham uma bela cor, ambos tinham a mesma aparência brilhante e o mesmo ar esforçado. Mas o corado de Alice puxava para o vermelho e o do pato, para o castanho.

Burnell percorreu com os olhos a lâmina da faca de trinchar. Tinha grande orgulho das suas artes de trinchador, da sua excelência no ofício. Detestava ver uma mulher trinchar; eram sempre lentas demais e pareciam nunca se importar com a aparência com que ficaria a carne trinchada. Já ele se importava; sentia verdadeiro orgulho em cortar as postas assadas de carneiro em fatias finas e delicadas, da espessura exata, em dividir um frango ou um pato com toda a precisão...

– Este é nosso primeiro produto caseiro? – perguntou, sabendo muito bem que era.

– É, sim; o açougueiro não veio. Descobrimos que ele só vem duas vezes por semana.

Mas não havia necessidade de se justificar. Era uma ave magnífica. Nem era carne; era uma espécie de creme requintado que derretia na boca. Burnell falou:

– Meu pai diria que decerto era um daqueles patos criados pela mãe ao som de uma flauta alemã. E as notas suaves do melodioso instrumento exerceram tanto efeito sobre o filhote que... Quer mais, Beryl? Nós dois somos os únicos nesta casa que sabemos realmente apreciar a comida. Estou plenamente disposto a declarar, a jurar num tribunal, se necessário for, que amo a boa comida.

O chá foi servido na sala de estar, e Beryl, a qual por alguma razão vinha se mostrando extremamente gentil com Stanley desde que ele chegara, propôs que jogassem *cribbage*. Sentaram-se a uma mesinha perto de uma das janelas abertas. A sra. Fairfield desapareceu e Linda ficou numa cadeira de balanço, com os braços atrás da cabeça, embalando-se para frente e para trás.

– Você não precisa da luz, não é, Linda? – perguntou Beryl.

Puxou a lamparina, ficando à sua luz suave.

Como pareciam distantes, aqueles dois, vistos da cadeira de balanço onde estava Linda. A mesa verde, as cartas reluzentes, as mãos grandes de Stanley, as mãos miúdas de Beryl, tudo parecia compor um mesmo movimento misterioso. O próprio Stanley, alto e robusto, de terno escuro, estava à vontade, e Beryl jogava a cabeça para trás, fazendo beicinho. Usava uma gargantilha de veludo nova. De certa maneira alterava sua aparência, modificava o feitio do rosto, mas ficava bem, concluiu Linda. Pairava um perfume de lírios na sala; havia dois vasos grandes de copos-de-leite na cornija da lareira.

– Quinze, dois; quinze, quatro, e um par é seis, e uma trinca é nove – disse Stanley tão pausadamente que parecia estar contando carneirinhos.

– Só tenho dois pares – disse Beryl, exagerando sua tristeza, pois sabia que ele adorava ganhar.

Os pinos da tábua de contagem pareciam duas pessoinhas subindo juntas pela rua, virando na esquina e descendo outra vez pela rua. Iam um atrás do outro. Nenhum dos dois queria tomar uma grande dianteira, e sim ficar perto para conversar – talvez só ficar perto.

Mas não, sempre havia um que era mais impaciente e saltava adiante quando o outro se aproximava e não ouvia. Talvez o pino branco tivesse medo do vermelho, ou talvez fosse cruel e não quisesse dar ao vermelho ocasião de falar...

Beryl estava com um pequeno ramalhete de amores-perfeitos na frente do vestido, e a certa hora, quando os dois pinos estavam lado a lado, ela se curvou, e os amores-perfeitos caíram por cima dos pinos.

– Que pena – disse ela pegando as flores. – Justo agora que podiam se atirar um nos braços do outro.

– Adeusinho, garota – riu Stanley, e o pino vermelho se distanciou num grande salto.

A sala de estar era estreita e comprida, com portas envidraçadas que davam para a varanda. Era revestida com um papel de parede cor de creme estampado de rosas douradas, e os móveis, que pertenciam à velha sra. Fairfield, eram simples e escuros. Havia um piano pequeno encostado à parede, com um tecido plissado de seda amarela cobrindo a frente entalhada. Acima dele havia um quadro a óleo pintado por Beryl, um grande maço de clematites que pareciam espantadas. Cada flor era do tamanho de um pires, o centro como um olho perplexo orlado de negro. Mas a sala ainda não estava pronta. Stanley tinha decidido que queria um sofá chesterfield e duas poltronas respeitáveis. Linda preferia como estava...

Duas grandes mariposas entraram pela janela e ficaram rodeando o círculo de luz da lamparina.

– Saiam antes que seja tarde demais. Vão, vão.

Voavam, voavam em círculo; era como se trouxessem o luar e a quietude nas asas silenciosas...

– Tenho dois reis – disse Stanley. – Bom?

– Mais que bom – disse Beryl.

Linda parou de se embalar e levantou. Stanley olhou para ela:

– Aconteceu alguma coisa, querida?

– Não, nada. Vou procurar a mamãe.

Saiu da sala e chamou ao pé da escada, mas a voz de sua mãe respondeu da varanda.

A lua que Lottie e Kezia tinham visto na carroça do quitandeiro estava cheia, e a casa, o jardim, a velha senhora e Linda – todos eram banhados por uma luz deslumbrante.

– Estava contemplando o aloé – disse a sra. Fairfield. – Creio que vai dar flor neste ano. Olhe a parte de cima. São botões ou é apenas um efeito do luar?

Enquanto se detinham nos degraus, a elevação de terra relvada onde ficava o aloé cresceu como uma onda, e era como se o aloé a encimasse como um barco de remos erguidos. O luar brilhante se estendia como água pelos remos erguidos e a onda verde cintilava com os reflexos do orvalho.

– Você também sente? – perguntou Linda, falando à mãe naquele tom de voz especial que as mulheres usam entre elas à noite, como se falassem dormindo ou de alguma gruta profunda. – Sente que ele se aproxima de nós?

Devaneando, sentia-se como se a recolhessem da água fria e a pusessem dentro do barco com os remos erguidos e o mastro em botão. Então os remos caíram numa pancada surda e rápida. Rápido se moveram, passando pela copa das árvores do jardim, pelos pastos e pela mata escura mais além. Ela se ouviu gritando aos remadores: "Mais depressa! Mais depressa!".

O devaneio era muito mais real do que a necessidade de voltarem para casa, onde as crianças dormiam e Stanley e Beryl jogavam *cribbage*.

– Creio que são botões, sim – disse ela. – Vamos até o jardim, mãe. Gosto daquele aloé. É a coisa de que mais gosto aqui. E sei que vou continuar a me lembrar dele, muito tempo depois de ter esquecido todo o resto.

Pôs a mão no braço da mãe e desceram os degraus, contornaram a ilha e tomaram o caminho que levava aos portões de entrada.

Olhando o aloé de um terreno mais baixo, podia ver os espinhos compridos e pontudos que cercavam suas folhas e sentiu o coração se endurecer à vista deles... Gostava em especial dos espinhos compridos e pontudos... Ninguém se atreveria a se aproximar ou a seguir o barco.

"Nem meu labrador", pensou ela, "por quem sinto tanto afeto de dia".

Pois sentia mesmo afeto por ele; amava-o, admirava-o, respeitava-o imensamente. Ah, mais do que a qualquer outra pessoa no mundo. Conhecia-o pelo avesso. Era a própria encarnação da verdade e da bondade e, apesar de toda a sua experiência prática, era extremamente simples, fácil de agradar e fácil de magoar...

Se pelo menos não fosse tão efusivo com ela, saltando, ladrando, fitando-a com aqueles olhos tão ansiosos e amorosos. Era intenso demais para ela; sempre detestou coisas que se jogavam sobre ela, desde criança. Tinha horas em que ele chegava a assustar, assustar mesmo. Quando ela quase se punha a gritar em volume máximo: "Você está me matando". E naquelas horas ela tinha vontade de dizer as coisas mais rudes e grosseiras...

"Você sabe que sou muito frágil. Sabe tão bem quanto eu que tenho problema de coração e o médico lhe disse que posso morrer a qualquer instante. Já tive três trambolhos..."

Sim, sim, era verdade. Linda tirou a mão do braço materno. Apesar de todo o amor, respeito e admiração, ela o odiava. E como ele se mostrava meigo depois dessas horas, gentil, cheio de consideração. Faria qualquer coisa por ela; o que mais queria era servi-la...

Linda se ouvia dizendo em voz fraca: "Stanley, você acende uma vela?". E ouvia a voz alegre dele respondendo: "Claro, minha querida". E saltava da cama como se de um salto fosse até a lua para ela.

Nunca lhe ficara tão claro como naquele momento. Havia todos os seus sentimentos por ele, nítidos e definidos, todos autênticos. E havia esse outro, esse ódio, tão real quanto os outros. Podia embrulhar cada sentimento num pacotinho e dar a Stanley. Queria lhe entregar esse último, como um presente de surpresa. Podia ver os olhos dele ao abri-lo...

Abraçou-se cruzando os braços e começou a rir em silêncio. Como era absurda a vida – cômica, simplesmente cômica. E por que essa sua mania de continuar viva? Pois era de fato uma mania, pensou, rindo e troçando.

"Para o que estou me guardando tão ciosamente? Vou continuar a ter filhos, Stanley vai continuar a enriquecer, as crianças e os jardins vão continuar a crescer, com frotas inteiras de aloés para eu escolher entre eles."

Até ali, estava andando de cabeça baixa, sem olhar nada. Agora olhava para cima e em torno de si. Estavam junto às camélias vermelhas e brancas. Linda arrancou uma folha de verbena, esfregou entre os dedos e estendeu as mãos à mãe.

– Delicioso – disse a velha. – Está com frio, menina? Está tremendo? Está com as mãos geladas. Melhor voltarmos para casa.

– No que você estava pensando? – perguntou Linda. – Conte para mim.

– Na verdade, nem estava pensando em nada. Fiquei imaginando, quando passamos pelo pomar, como seriam as árvores e se faríamos bastante geleia neste outono. Tem umas moitas de groselhas magníficas na horta. Vi hoje. Bem que queria ver um belo estoque de geleia caseira na despensa...

12

Minha querida Nan:

Não me ache uma desleixada por não ter escrito antes. Não tive um minuto de folga, querida, e ainda estou tão exausta que mal consigo segurar a caneta.

Bom, o que era de se temer aconteceu. Deixamos mesmo a agitação frenética da cidade e duvido que algum dia a gente volte, pois meu cunhado comprou esta casa "de porteira fechada", como diz ele.

Em certo sentido, claro, é um alívio enorme, pois ele vinha querendo escolher um lugar no campo desde que eu moro com eles – e devo reconhecer que a casa e o jardim são espetaculares – um milhão de vezes melhor do que aquele cubículo horroroso na cidade.

Mas estamos enterrados aqui, minha querida. Enterrados não é a palavra certa.

Temos vizinhos, mas não passam de uns campônios – uns matulões desengonçados que parecem passar o dia ordenhando vacas, e duas mulheres dentuças horríveis que nos trouxeram uns bolinhos quando a gente se mudou e se ofereceram para ajudar. Mas a minha irmã, que mora a um quilômetro e meio daqui, não conhece uma alma viva e por isso acho que também nunca vamos conhecer ninguém. Claro que ninguém jamais virá da cidade nos visitar aqui, pois tem um ônibus que faz a linha, mas é um calhambeque velho horroroso, que chacoalha todo, com as laterais de couro preto, e qualquer ser humano decente preferiria morrer do que andar dez quilômetros dentro dele.

Que vida... Triste fim para a coitadinha da B. Em um ou dois anos vou virar uma mocreia pavorosa e vou te visitar usando um impermeável e um chapéu de marinheiro amarrado com um lenço comprido, desses de andar de carro, de crepe branco. A elegância em pessoa.

Stanley diz que agora que estamos instalados – e de fato, depois da semana mais pavorosa da minha vida, estamos mesmo instalados – ele vai trazer alguns homens do clube para jogar tênis nos sábados à tarde. Aliás, dois combinaram de vir hoje, como uma grande ocasião. Mas, querida, se você visse os amigos de Stanley no clube... gorduchos, daqueles que parecem francamente indecentes quando tiram o colete – com os dedos dos pés sempre tortos, tão chamativos quando a gente está numa quadra usando sapato branco. E a cada minuto ficam puxando a calça para cima – sabe como? – e dando raquetadas em coisas invisíveis.

Joguei com eles no clube no verão passado, e você certamente vai reconhecer o tipo em questão se eu disser que, depois que estive lá umas três vezes, todos me chamavam de senhorita Beryl. Um mundo deprimente. Claro que mamãe simplesmente adora o lugar, mas imagino que, quando eu tiver a idade dela, também vou me contentar em sentar ao sol e ficar descascando ervilhas numa bacia. Mas não tenho a idade dela, ponto.

O que a Linda pensa de tudo isso, como sempre, não faço a menor ideia. Misteriosa como de hábito...

Minha querida, sabe aquele meu vestido de cetim branco? Tirei as mangas, pus faixas de veludo preto nos ombros e duas papoulas vermelhas bem grandes que tirei do *chapeau* da minha cara irmã. Ficou ótimo, mas não sei quando vou poder usar.

Beryl estava no seu quarto, escrevendo a uma mesinha. Em certo sentido, claro, era a mais absoluta verdade, mas, em outro sentido, era uma enorme bobagem e ela não acreditava numa única palavra. Não, não era verdade. Ela sentia tudo aquilo, mas não realmente daquele jeito.

Foi o seu outro eu que escreveu aquela carta. Não só irritava, mas também causava aversão ao seu verdadeiro eu.

"Frívola e petulante", dizia o seu eu verdadeiro. Mas ela sabia que mandaria a carta mesmo assim e que sempre escrevia essas bobagens para Nan Pym. Na verdade, era um exemplo até muito ameno do tipo de carta que costumava escrever.

Beryl apoiou os cotovelos na mesa e releu. Tinha a impressão de ouvir a voz da carta subindo da página. Já estava fraca, como uma voz que se ouve ao telefone, aguda, loquaz, com uma ponta ardida. Ah, hoje detestou.

"Você é sempre tão animada", disse Nan Pym certa vez. "É por isso que os homens se entusiasmam tanto por você." E acrescentou um tanto melancólica, pois os homens não tinham o menor entusiasmo por Nan, que era do tipo robusto, gorda nos quadris, muito vermelhusca: "Não entendo como você é sempre assim. Mas é da sua natureza, imagino".

Que asneira. Que disparate. Não era da natureza dela, de jeito nenhum. Deus do céu, se algum dia mostrasse a Nan Pym seu verdadeiro eu, Nannie pularia da janela de tanta surpresa... Minha querida, sabe aquele meu vestido de cetim branco... Beryl fechou a caixa de papel de carta.

Pôs-se de pé num salto e, meio consciente, meio inconsciente, foi até o espelho.

Ali estava uma moça esbelta vestida de branco – uma saia de sarja branca, uma blusa de seda branca, um cinto de couro bem apertado na cinturinha fina.

Tinha o rosto em formato de coração, largo nas têmporas e o queixo pontudo – mas não demais. Os olhos, os olhos eram talvez o seu traço mais bonito; eram de uma cor rara e estranha, azuis esverdeados com pontinhos dourados.

Tinha belas sobrancelhas negras e cílios compridos – tão compridos que, quando se fechavam, daria para apanhar a luz com eles, dissera-lhe alguém.

A boca era um tanto grande. Demais? Demais não. O lábio inferior era um pouco saliente; costumava sugá-lo de um jeito que outro alguém dissera ser extremamente fascinante.

O nariz era o seu traço menos satisfatório. Não que fosse feio. Mas não tinha nem metade da beleza do de Linda. O narizinho de Linda era realmente perfeito. O seu era um pouco largo, não demais. E muito provavelmente Beryl exagerava a largura dele só porque era o seu próprio nariz e era extremamente crítica em relação a si mesma. Apertou-o entre o polegar e o indicador e fez uma carinha doce...

Lindos, lindos os cabelos. E tão bastos. Eram da cor de folhas recém-caídas, castanhos e vermelhos com reflexos dourados. Quando fazia uma trança comprida, sentia-a nas costas como uma longa cobra. Adorava sentir o peso da trança repuxando a cabeça, adorava sentir os cabelos soltos, descendo pelos braços nus.

"Sim, minha querida, não há dúvida nenhuma, você é mesmo uma coisinha linda."

O peito se ergueu a essas palavras. Inspirou fundo de prazer, semicerrando os olhos.

Mas, enquanto se olhava, o sorriso desapareceu dos lábios e dos olhos. Oh, meu Deus, ali estava ela, outra vez, fazendo o mesmo jogo de sempre. Falsa – falsa como sempre. Falsa como quando escreveu a Nan Pym. Falsa mesmo sozinha, como agora.

O que aquela criatura no espelho tinha a ver com ela? Por que estava olhando? Arrojou-se de joelhos num dos lados da cama e enterrou o rosto entre os braços.

– Ai! – exclamou. – Sou tão infeliz, tão profundamente infeliz. Sei que sou boba, fútil e maldosa. Estou sempre encenando algum papel. Nunca sou eu mesma nem por um instante.

E viu com clareza, com toda a clareza, seu falso eu subindo e descendo as escadas, soltando um riso especialmente gorjeante quando recebiam visitas, postando-se sob a luz quando o convidado ao jantar era um homem, para que ele visse a luz em seus cabelos, fazendo beicinho e adotando um ar infantil quando lhe pediam para tocar violão. Até com Stanley ela era assim. Ainda na noite passada, quando ele estava lendo o jornal, seu falso eu parou ao lado dele e se apoiou de propósito em seu ombro. E chegou a pôr sua mão sobre a dele, apontando alguma coisa, para que Stanley visse como era branca em comparação à mão morena dele.

Desprezível! Desprezível! Sentiu o coração gelar de raiva. "É incrível como você é sempre assim", disse ao eu falso. Mas era só porque se sentia infeliz, muito, muito infeliz. Se fosse feliz, se levasse sua própria vida, sua vida falsa deixaria de existir. Viu a Beryl real – uma sombra... uma sombra. Cintilava débil e imaterial. O que havia de si, a não ser esse brilho? E eram tão ínfimos os momentos em que ela era realmente ela mesma. Quase podia relembrá-los um a um. Naqueles instantes, sentira: "A vida é rica, boa e misteriosa, e eu também sou rica, boa e misteriosa". Serei aquela Beryl para sempre? Serei? E como? E houve alguma vez em que não tive um falso eu?... Mas bem no instante em que chegou a esse ponto, ouviu o som de passos miúdos e apressados vindo pelo corredor; a maçaneta da porta estalou. Kezia entrou.

– Tia Beryl, mamãe pediu para você descer. O pai chegou com um homem e a mesa está servida.

Que amolação! Tinha amassado a saia, ao se ajoelhar daquele jeito idiota.

– Está bem, Kezia.

Foi à penteadeira e empoou o nariz.

Kezia também atravessou o quarto, destampou um potinho de creme e cheirou. Levava debaixo do braço um gato de pano muito encardido.

Quando tia Beryl saiu correndo do quarto, ela pôs o gato sentado na penteadeira e encaixou a tampa do pote de creme entre as orelhas dele.

– Agora se olhe no espelho – disse ela peremptória.

O gato de pano ficou tão espantado com a imagem que caiu para trás e despencou no chão. E a tampa do pote de creme saiu voando pelo ar e rolou como uma moeda em círculos pelo linóleo – e não quebrou.

Mas, para Kezia, ela se quebrara na hora em que voou pelo ar; recolheu-a, toda envergonhada, e pôs de volta na penteadeira.

Então saiu na ponta dos pés, muito rápida e ligeira...

Euforia

Apesar de seus trinta anos, Bertha Young ainda tinha momentos como este, quando sentia vontade de correr em vez de andar, de dançar saltitando entre a rua e a calçada, de rolar aro, de atirar alguma coisa para o alto e pegar de novo ou de ficar parada rindo de... de nada, só rindo, simplesmente.

O que você pode fazer se tem trinta anos e, virando a esquina da rua de casa, é tomada de repente por um sentimento de euforia – de absoluta euforia! – como se de repente tivesse engolido um naco brilhante daquele sol de final de tarde e ele ardesse no peito, mandando uma chuvinha de faíscas para cada partícula, para cada dedo da mão e do pé?...

Ah, não existe maneira de expressar isso sem ser por "embriaguez e arruaça"? Como a civilização é idiota! Para que ter um corpo se é para ficar guardado numa caixa feito um violino raríssimo?

"Não, não é isso do violino o que eu quero dizer", pensou, subindo os degraus correndo e procurando a chave dentro da bolsa – tinha esquecido, como sempre – e batendo na aba da caixinha de correio. "Não é o que quero dizer, porque..."

– Obrigada, Mary – entrou no vestíbulo. – A pajem voltou?

– Sim, sinhora.

– E as frutas chegaram?

– Sim, sinhora. Chegou tudo.

– Leve as frutas para a sala de jantar, sim? Vou fazer um arranjo antes de subir.

A sala estava escura e fria. Apesar disso, Bertha se livrou do casaco; não aguentava nem mais um minuto aquela sensação apertada, e o ar frio envolveu seus braços.

Mas dentro do peito ainda havia aquele lugar claro e brilhante – aquela chuva de pequenas faíscas vindo dali. Era quase insuportável. Mal ousava respirar de medo de atiçá-lo ainda mais, e mesmo assim respirou fundo, bem fundo. Mal ousava olhar o espelho frio – mas olhou, e ele lhe devolveu uma mulher radiante, com lábios sorridentes, trêmulos, olhos grandes, escuros, e um ar de estar ouvindo, esperando algo... algo divino acontecer... que sabia que devia acontecer... sem falta.

Mary entrou trazendo as frutas numa bandeja, junto com uma travessa de vidro e um prato azul, muito bonito, com uma luminosidade estranha, como se o tivessem mergulhado em leite.

– Acendo a luz, sinhora?

– Não, obrigada. Enxergo bem assim.

Havia tangerinas e maçãs com um colorido róseo de morango. Algumas peras amarelas, lisas como seda, algumas uvas brancas recobertas por um brilho prateado e um cacho grande de uvas roxas. Estas ela tinha comprado para combinar com o tapete novo da sala de jantar. Vá lá que parecia meio exagerado e absurdo, mas exatamente por causa disso ela as comprou. Na mercearia ela pensou: "Preciso de algumas roxas para combinar com o tapete". E na hora aquilo pareceu plenamente sensato.

Depois de terminar de montar duas pirâmides com as formas redondas e brilhantes, ela se afastou da mesa para ver o efeito – e realmente era muito interessante. Pois a mesa escura parecia se dissolver na penumbra, e o prato de vidro e a travessa azul pareciam flutuar no ar. Isso, claro, em seu estado de espírito no momento, era incrivelmente lindo... Começou a rir.

"Não, não. Estou ficando histérica." Agarrou a bolsa e o casaco e subiu correndo a escada até o quarto da criança.

A pajem estava sentada a uma mesinha baixa dando de comer a Bezinha depois do banho. A menina estava com uma camisolinha de flanela branca e um casaco de lã azul, com o cabelo fino escuro penteado para cima, num chuca-chuca engraçado. Ela ergueu os olhos quando viu a mãe e começou a pular.

– Ei, amoreco, acabe de comer como uma boa menina – disse a pajem com um trejeito na boca que Bertha conhecia e significava que mais uma vez tinha entrado no quarto em hora errada.

– Ela ficou boazinha, babá?

– Foi um amorzinho a tarde toda – sussurrou a babá. – Fomos no parque, sentei num banco, tirei ela do carrinho, veio um cachorrão que pôs a cabeça no meu joelho, aí ela agarrou e deu um puxão na orelha dele. Ah, a sinhora precisava ver.

Bertha teve vontade de perguntar se não era perigoso deixar a menina agarrar a orelha de um cachorro desconhecido. Mas não se atreveu. Ficou de pé olhando as duas, os braços caídos ao lado do corpo, como a menininha pobre na frente da menina rica com a boneca.

A criança ergueu de novo os olhos para ela, ficou fitando-a e então deu um sorriso tão encantador que Bertha não se conteve:

– Oh, babá, deixe que eu termino de dar a comida para ela enquanto você leva as coisas do banho.

– Mas, sinhora, ela não devia mudar de mãos enquanto está comendo – disse a babá ainda sussurrando. – Atrapalha e ela é bem capaz de ficar agitada.

Que absurdo aquilo. Para que ter um bebê se é para ficar guardado – não numa caixa feito um violino raríssimo – mas nos braços de outra mulher?

– Ah, mas eu preciso! – disse ela.

Muito ofendida, a babá lhe passou a menina.

– Mas não excite ela depois de comer. A sinhora sabe que sempre faz assim. E depois isso me dá um trabalhão com ela!

Graças aos céus! A babá saiu do quarto com as toalhas de banho.

– Agora tenho você para mim, minha lindinha – disse Bertha enquanto a bebê se apoiava nela.

Comeu que foi uma beleza, abrindo a boca para a colher e acenando as mãozinhas. Às vezes não queria soltar a colher; às vezes, quando Bertha acabava de enchê-la, ela a empurrava e a sopa voava por todos os lados.

Quando a sopa terminou, Bertha se virou para a lareira.

– Você é um amor, é um amorzinho! – disse beijando sua bebê quentinha. – Te amo. Te adoro.

De fato, amava tanto a Bezinha – sua nuca quando se inclinava para frente, seus lindos dedinhos dos pés que brilhavam transparentes à luz do fogo – que toda sua sensação de euforia voltou outra vez, e outra vez não soube como expressá-la – nem o que fazer com ela.

– Telefone para a sinhora – disse a babá, voltando com ar de triunfo e pegando sua Bezinha.

Desceu voando. Era Harry.

– Ah, é você, Bê? Escute. Vou me atrasar. Vou pegar um táxi e chego o mais depressa que der, mas atrase o jantar por uns dez minutos, pode ser? Tudo bem?

– Sim, claro. Oh, Harry!

– O quê?

O que tinha a dizer? Não tinha nada a dizer. Só queria se sentir perto dele por um instante. Não podia exclamar doidamente: "Que dia mais maravilhoso!".

– O que foi? – disse ríspida a voz ao longe.

– Nada. *Entendu* – respondeu Bertha e desligou, pensando que a civilização era muito mais do que idiota.

Tinham convidados para o jantar. O casal Norman Knight – muito sólido – ele estava para abrir um teatro e ela era uma enorme entusiasta de decoração de interiores, um rapaz, Eddie Warren, que acabara de publicar um livrinho de poemas e que todo mundo andava convidando para jantar, e uma "descoberta" de Bertha, que se chamava Pearl Fulton. O que a srta.

Fulton fazia, Bertha não sabia. Tinham se conhecido no clube, e Bertha se apaixonara por ela, como sempre se apaixonava por mulheres bonitas com um quê de estranho.

O curioso era que tinham se visto e se encontrado várias vezes e realmente conversavam, mas Bertha não conseguia entendê-la. A srta. Fulton era de uma franqueza rara, maravilhosa, mas até certo ponto, e o certo ponto estava ali, e dali ela não passava.

Havia algo além dali? Harry achava que não. Dizia que ela era insípida e "fria como todas as louras, com uma ponta, talvez, de anemia cerebral". Mas Bertha não concordava com ele; ainda não, pelo menos.

"Não, o jeito como ela se senta com a cabeça um pouco de lado, sorrindo, tem alguma coisa por trás, Harry, e preciso descobrir que coisa é essa."

"Muito provavelmente um bom estômago", respondeu Harry.

Ele fazia questão de espicaçar Bertha com respostas do gênero... "fígado preguiçoso, querida mocinha", "mera flatulência", "doença dos rins" e assim por diante. Por alguma estranha razão, Bertha gostava daquilo nele e quase sentia uma imensa admiração.

Entrou na sala de estar e acendeu a lareira; então, recolhendo uma por uma as almofadas que Mary tinha arrumado com todo o cuidado, passou a jogá-las de volta nas cadeiras e nos sofás num arremesso. Fazia toda a diferença; a sala voltava a ganhar vida. Quando estava para atirar a última, surpreendeu-se abraçando a almofada com paixão, uma enorme paixão. Mas não apagou o fogo em seu peito. Ah, pelo contrário!

As janelas da sala de estar se abriam para uma sacada com vista para o jardim. No fundo deste, contra o muro, havia uma pereira alta, esguia, na mais plena e rica floração; erguia-se perfeita, como que apaziguada contra o céu verde-jade. Bertha teve a nítida impressão, mesmo à distância, de que não restava um só botão por abrir, não havia uma só pétala murcha. Lá embaixo, nos canteiros, as tulipas vermelhas e amarelas, carregadas de flores, pareciam se apoiar na penumbra. Uma gata cinzenta, arrastando a barriga, rastejou pelo gramado, e um gato preto, sombra sua, seguia atrás. A visão deles, tão atentos e tão rápidos, provocou um calafrio estranho em Bertha.

– Que coisas arrepiantes são os gatos! – murmurou; afastou-se da janela e começou a andar de um lado para outro...

Como era forte o perfume dos junquilhos na sala aquecida. Forte demais? Oh, não. E no entanto, como que vencida, atirou-se num sofá e comprimiu os olhos com as mãos.

– Sou feliz demais, feliz demais – disse baixinho.

E teve a impressão de ver nas pálpebras a bela pereira com suas flores totalmente abertas como símbolo de sua vida.

Realmente – realmente – ela tinha tudo. Era jovem. Harry e ela continuavam apaixonados como sempre, davam-se maravilhosamente bem e eram amigos de verdade. Tinha uma filhinha encantadora. Não precisavam se preocupar com dinheiro. Tinham aquela casa e o jardim, que eram extremamente agradáveis. E amigos – gente moderna e vibrante, escritores, pintores, poetas, pessoas interessadas em questões sociais – bem o tipo de amigos que queriam. E ainda havia os livros, havia a música, ela tinha encontrado uma costureirinha maravilhosa, estavam indo para o estrangeiro no verão, a nova cozinheira fazia umas omeletes soberbas...

"Sou absurda. Absurda!" Pôs-se sentada de repente, mas se sentiu totalmente tonta, totalmente embriagada. Devia ser a primavera.

Sim, era a primavera. Agora estava tão cansada que nem conseguia se arrastar escada acima para trocar de roupa.

Um vestido branco, um colar de contas de jade, sapatos e meias verdes. Não foi intencional. Tinha pensado nessa combinação horas antes de se pôr à janela da sala de estar.

As ondas do vestido farfalharam suaves como pétalas quando entrou no saguão e beijou a sra. Norman Knight, que estava tirando um casaco alaranjado engraçadíssimo, com uma procissão de macaquinhos pretos ao redor da barra e subindo pelas orlas.

– ... Ora! Ora! Por que a classe média é tão sem graça – tão absolutamente despida de senso de humor? Minha querida, é apenas por um feliz acaso que estou aqui – sendo Norman o feliz acaso que me protegeu. Pois meus queridos micos puseram o trem em tamanha polvorosa que todos se uniram como uma pessoa só e simplesmente me comeram com os olhos. Não riram – não acharam divertido – o que eu teria adorado. Não, só ficaram encarando – e quase me mataram de tédio.

– Mas o suprassumo foi – disse Norman, encaixando no olho um grande monóculo com aro de casco de tartaruga – você não se importa se eu contar, não é, Carinha? – (Em casa e entre amigos eles se tratavam como Carinha e Carão.) – O suprassumo foi quando ela, já farta, virou-se para a mulher do lado e perguntou: "Nunca viu um macaco antes?".

– Ah, sim! – a sra. Norman Knight se juntou às risadas. – Não foi mesmo o suprassumo absoluto?

E o mais engraçado foi que, depois de tirar o casaco, ela parecia mesmo um mico muito inteligente – que até chegara a fazer com cascas de banana aquele vestido de seda amarela. E seus brincos de âmbar: pareciam amendoins pendurados.

– Triste, triste queda do andador – disse o Carão, parando na frente do andador de Bezinha. – Quando entra pelo corredor – e, num gesto, deixou a citação pelo meio.

A campainha soou. Era Eddie Warren, magro e pálido como sempre, num estado de aguda aflição.

– É a casa certa, *não é?* – perguntou.

– Oh, acho que sim, espero que sim – respondeu Bertha alegremente.

– Tive uma experiência *pavorosa* com um taxista; era o ser mais sinistro do planeta. Eu não conseguia que ele parasse. Quanto *mais* batia no vidro e chamava, *mais rápido* ele ia. E ao luar aquela figura *bizarra* de cabeça *chata encurvada* por cima do volanti-*inho*...

Estremeceu, tirando uma longuíssima echarpe de seda branca. Bertha notou que suas meias também eram brancas – o maior charme.

– Que coisa pavorosa! – exclamou ela.

– De fato, foi mesmo – disse Eddie, seguindo atrás dela até a sala de visitas. – Eu me vi *percorrendo* a Eternidade num táxi *atemporal*.

Ele conhecia o casal Norman Knight. Na verdade, ia escrever uma peça para N. K. quando o projeto do teatro saísse do papel.

– Então, Warren, como vai a peça? – perguntou Norman Knight, deixando cair o monóculo e dando ao olho folga suficiente para retornar ao nível da superfície antes de ser espremido outra vez.

E a sra. Norman Knight:

– Oh, sr. Warren, que belas meias!

– Fico *tão* contente que goste delas – disse ele fitando os pés. – Parece que ficaram *muito* mais brancas depois que a lua nasceu. – E virou o rosto fino e tristonho para Bertha. – *Tem* lua, sabe disso, não?

Ela sentiu vontade de exclamar: "Sei que tem... e como, como sei!".

Ele era mesmo uma pessoa muito atraente. Mas a Carinha também, agachada na frente da lareira com suas cascas de banana, e o Carão também, fumando um cigarro e dizendo enquanto batia a cinza:

– Por que o noivo está demorando?

– Acaba de chegar.

A porta da frente se abriu e fechou numa pancada. Harry gritou:

– Olá, pessoal. Desço em cinco minutos.

E ouviram-no galgar rápido as escadas. Bertha não pôde deixar de sorrir; sabia que ele adorava fazer as coisas sob pressão. Afinal, que importância tinham cinco minutos a mais? Mas fingia para si mesmo que tinham uma importância imensa. E aí fazia questão de entrar na sala de estar na maior calma e compostura.

Harry tinha tanto gosto pela vida! Oh, como ela apreciava isso nele. E sua paixão em disputar – em procurar em tudo o que lhe aparecia pela frente mais uma ocasião para provar seu poder e sua bravura – isso ela também entendia. Mesmo quando se tornava, mas só de vez em quando e apenas para quem não o conhecia bem, um pouco ridículo, talvez... Pois havia momentos em que ele se lançava à batalha onde não havia batalha nenhuma... Ela falava, ria e francamente esqueceu, até a hora em que ele entrou (exatamente como tinha imaginado), que Pearl Fulton ainda não aparecera.

– Será que a srta. Fulton se esqueceu?

– Espero que sim – disse Harry. – Ela tem telefone?

– Ah, é um táxi, agora! – E Bertha sorriu com aquele arzinho de proprietária que sempre adotava quando suas descobertas femininas eram novas e misteriosas. – Ela vive em táxis.

– Assim vai engordar – disse Harry com indiferença, tocando a sineta para o jantar. – Tremendo perigo para louras.

– Harry, pare! – advertiu Bertha, rindo para ele.

Veio mais um brevíssimo instante, enquanto esperavam, rindo e falando, só um pouquinho à vontade demais, um pouquinho descontraídos demais. E então a srta. Fulton, toda de prateado, com uma fita prateada prendendo o cabelo louro pálido, entrou sorrindo, a cabeça um pouco de lado.

– Estou atrasada?

– Não, de maneira nenhuma – disse Bertha. – Venha.

Tomou-a pelo braço e foram para a sala de jantar.

O que havia no toque daquele braço fresco que abanava – abanava – começava a encandear – encandear – o fogo daquela euforia com a qual Bertha não sabia o que fazer?

A srta. Fulton não olhou para ela; mas de todo jeito era raro que olhasse diretamente as pessoas. As pálpebras pesadas lhe cobriam os olhos e o estranho esboço de sorriso ia e vinha a seus lábios como se mais ouvisse do que visse. Mas de súbito Bertha soube, como se tivessem trocado o mais longo, o mais íntimo dos olhares – como se tivessem dito uma à outra: "Você também?" – que Pearl Fulton, mexendo a bela sopa vermelha no prato cinzento, estava sentindo exatamente o que ela sentia.

E os outros? A Carinha e o Carão, Eddie e Harry, as colheres subindo e descendo – tocando o guardanapo de leve nos lábios, trincando o pão, brincando com os garfos e copos e falando.

– Encontrei com ela no Alpha Show – uma figurinha estranhíssima. Além do cabelo cortado muito rente, parecia também que tinha cortado um bom pedaço das pernas, dos braços, do pescoço e do pobre narizinho.

– Ela não é muito *liée* com Michael Oat?

– Aquele que escreveu *Amor de dentadura*?

– Ele quer escrever uma peça para mim. Um ato. Um homem. Decide se matar. Desfia todos os prós e contras. E na hora em que decide pró ou contra – cai o pano. Ideia bem boa.

– Que nome ele vai dar? "Problema estomacal"?

– Acho que vi a mesma ideia numa revistinha francesa, quase desconhecida na Inglaterra.

Não, não sentiam. Eram uns amores – uns amores – e adorava tê-los ali, à mesa dela, adorava servir-lhes vinho e uma comida deliciosa. De fato, tinha vontade de dizer a eles como eram maravilhosos, que grupo bonito formavam, como um realçava o outro e como lhe lembravam uma peça de Tchekhov!

Harry estava se deliciando com o jantar. Fazia parte de sua – bem, não de sua natureza propriamente dita, e certamente não de sua pose – de sua – alguma coisa – falar de comida e alardear sua "paixão despudorada pela carne branca da lagosta" e "pelo verde dos sorvetes de pistache – verdes e frios como as pálpebras de uma dançarina egípcia".

Quando ele ergueu os olhos do prato e disse: "Bertha, que suflê mais maravilhoso!", ela quase chorou de prazer como uma criança.

Oh, por que hoje se sentia tão enternecida com todo mundo? Tudo ótimo, tudo perfeito. Tudo o que acontecia parecia encher de novo sua transbordante taça de euforia.

E lá no fundo da mente ainda havia a pereira. Agora estaria prateada, ao brilho da lua do pobre e querido Eddie, prateada como a srta. Fulton, sentada ali girando uma tangerina entre os dedos finos, tão alvos que pareciam emanar luz.

O que ela simplesmente não conseguia entender – o que era miraculoso – foi ter adivinhado o estado de espírito da srta. Fulton com tanta rapidez e precisão.

Pois não tinha a menor dúvida de que acertara, e no entanto baseada em quê? Em menos que nada.

"Creio que é uma coisa rara, muito rara de acontecer entre mulheres. Nunca entre homens", pensou Bertha. "Mas, quando eu estiver preparando o café na sala de estar, talvez ela 'dê um sinal'."

O que queria dizer com isso, não sabia, e o que aconteceria depois disso, não conseguia imaginar.

Enquanto assim pensava, via a si mesma falando e rindo. Tinha de falar por causa da vontade de rir.

"Preciso rir, senão morro."

Mas quando notou o cacoete engraçado da Carinha, que ficava ajeitando alguma coisa na frente do corpete – como se estivesse guardando ali um estoquezinho secreto de amendoins –, Bertha teve de cravar as unhas na palma das mãos para não estourar de rir.

Finalmente acabou.

– Venham ver minha cafeteira nova – disse Bertha.

– Só temos cafeteira nova uma vez por quinzena – disse Harry.

Desta vez foi a Carinha que lhe tomou o braço; a srta. Fulton inclinou a cabeça e seguiu atrás.

O fogo na sala de estar tinha se reduzido a um ninho vermelho e bruxuleante "de filhotes de fênix", disse a Carinha.

– Ainda não acendam a luz. É tão bonito.

E se agachou de novo junto à lareira. Sempre sentia frio... "sem seu casaquinho de flanela vermelha, claro", pensou Bertha.

Naquele momento, a srta. Fulton "deu o sinal".

– Vocês têm jardim? – falou a voz calma e indolente.

Era algo tão delicado da parte dela que Bertha só pôde obedecer. Atravessou a sala, puxou as cortinas e abriu aqueles janelões compridos.

– Lá! – murmurou.

E as duas ficaram lado a lado olhando a árvore esguia e florida. Mesmo imóvel parecia, como a chama de uma vela, se alongar, se aguçar, fremir no ar brilhante, aumentar de altura enquanto fitavam – quase encostar na borda da lua redonda e prateada.

Por quanto tempo ficaram ali? Ambas presas, por assim dizer, naquele círculo de luz extraterrena, em plena compreensão mútua, criaturas de outro mundo, indagando o que fariam neste aqui, com todo esse tesouro de euforia que lhes ardia no peito e descia em flores prateadas pelos cabelos e pelas mãos.

Uma eternidade – um instante? E a srta. Fulton murmurou:

– Sim. É bem isso.

Ou Bertha sonhou?

Então a luz se acendeu de repente, a Carinha fez o café e Harry disse:

– Minha cara sra. Knight, não me pergunte da bebê. Nunca a vejo. Não vou ter o menor interesse por ela enquanto não tiver um amante.

E o Carão tirou o olho de sua redoma por um instante e então o recolocou sob o vidro outra vez, e Eddie Warren tomou seu café e pousou a xícara com um ar de angústia como se tivesse ingerido veneno.

– O que eu quero é dar uma chance aos rapazes. Creio que Londres está simplesmente fervilhando de peças ótimas que só falta escrever. O que eu quero é dizer a eles: "O teatro está aqui. Vão em frente".

– Sabe, meu caro, vou decorar uma sala para o casal Jacob Nathan. Ah, estou louca de vontade de fazer um projeto tipo peixe com fritas, com o encosto das cadeiras em formato de frigideira e lindas batatinhas fritas bordadas em todas as cortinas.

– O problema com nossos jovens autores é que ainda são românticos demais. Não tem como estar num navio sem enjoar e botar as tripas pra fora. Bom, por que eles não têm coragem de pôr pra fora?

– Um poema medonho sobre uma *mocinha* que foi *violentada* no mato por um mendigo *sem nariz...*

A srta. Fulton se acomodou na poltrona mais baixa e funda e Harry ofereceu cigarros a todos.

Pelo jeito como ele parou na frente dela, agitando a cigarreira de prata e falando bruscamente, "Egípcios? Turcos? Da Virgínia? Tem de todos", Bertha percebeu que não era só que ela o enfadasse; ele realmente antipatizava com ela. E concluiu pelo jeito como a srta. Fulton respondeu: "Não, obrigada, não vou fumar", que ela também sentia a mesma coisa, e ficou magoada.

"Oh, Harry, não antipatize com ela. Você está totalmente enganado. Ela é maravilhosa, maravilhosa. E além do mais, como você pode sentir algo tão diferente sobre alguém que significa tanto para mim... Quando estivermos na cama à noite, vou tentar te explicar o que vem acontecendo. O que ela e eu compartilhamos."

A essas últimas palavras alguma coisa estranha e quase aterrorizante penetrou fundo a mente de Bertha.

E essa coisa cega e sorridente lhe sussurrou: "Logo as pessoas vão embora. A casa vai ficar quieta – quieta. As luzes apagadas. E você e ele sozinhos juntos no quarto escuro – a cama quente...".

Ela deu um salto da poltrona e correu para o piano.

– Que pena que ninguém toque! – exclamou. – Que pena que ninguém toque.

Pela primeira vez na vida Bertha Young desejou o marido. Oh, amava-o – tinha amor por ele, claro, de todas as outras maneiras, mas não dessa. E também, claro, entendia que para ele era diferente. Tinham conversado muito sobre aquilo. No começo, quando descobriu que era tão fria, sentiu uma preocupação medonha, mas depois de algum tempo parecia que não tinha importância. Eram tão francos entre si – tão bons companheiros. Essa era a melhor coisa de serem modernos.

Mas agora – que ardor! que ardor! A palavra doía no corpo ardente. Era a isso que aquela sensação de euforia levava? Mas então, mas então...

– Minha querida – disse a sra. Norman Knight –, você conhece nosso drama. Somos vítimas da hora e dos trens. Moramos em Hampstead. Estava ótimo.

– Vou com vocês até a porta – disse Bertha. – Adorei que vocês vieram. Mas não percam o último trem. Que coisa terrível, não?

– Um uísque, Knight, antes de ir? – ofereceu Harry.

– Não, obrigado, meu chapa.

Ao se despedir, Bertha lhe apertou a mão, grata por isso.

– Boa noite, até mais – gritou do degrau de cima, sentindo que este seu eu se despedia deles para sempre.

Quando voltou à sala de estar, os outros estavam de partida.

– ... Então você pode ir comigo em meu táxi uma parte do caminho.

– Eu ficaria *gratíssimo* por não precisar encarar *outra* corrida sozinho, depois de minha experiência *pavorosa*.

– Vocês podem pegar um táxi no ponto no final da rua. Fica a poucos metros daqui.

– Que bom. Vou pôr meu casaco.

A srta. Fulton rumou para o vestíbulo e Bertha ia segui-la quando Harry passou quase lhe dando um empurrão.

– Deixe-me ajudar.

Bertha viu que ele estava arrependido de sua grosseria – deixou que fosse. Em alguns aspectos era um menino – tão impulsivo – tão simples.

E Eddie e ela ficaram junto à lareira.

– Você chegou a ver o novo poema de Bilks, chamado "Table d'Hôte"? – perguntou Eddie suavemente. – É *maravilhoso*. Na última *Antologia*. Você tem? Queria muito lhe mostrar. Começa com um verso de uma beleza *incrível*: "Por que precisa ser sempre sopa de tomate?".

– Tenho, sim – disse Bertha. E foi silenciosa até uma mesa que dava de frente para a porta da sala e Eddie deslizou silencioso atrás dela. Pegou o livrinho e entregou a ele; não tinham feito nenhum ruído.

Enquanto ele folheava, ela virou a cabeça para o lado do vestíbulo. E viu... Harry segurando o casaco da srta. Fulton e a srta. Fulton de costas para ele, a cabeça inclinada. Ele arremessou longe o casaco, pôs as mãos nos ombros dela e girou-a para si bruscamente. Seus lábios disseram "Eu te adoro", e a srta. Fulton pousou seus dedos de luar nas faces dele e sorriu seu sorriso indolente. As narinas de Harry fremiram; seus lábios se encurvaram numa careta horrível enquanto sussurrava "Amanhã", e com suas pálpebras a srta. Fulton disse "Sim".

– Aqui – disse Eddie. – "Por que precisa ser sempre sopa de tomate?" Que verdade tão profunda, não acha? Sopa de tomate é uma coisa pavorosa de eterna!

– Se preferir – soou a voz de Harry bem alta, no vestíbulo –, posso chamar um táxi pelo telefone e ele vem até aqui.

– Oh, não. Não precisa – disse a srta. Fulton e foi até Bertha, estendendo-lhe os dedos esguios.

– Até logo. Muito obrigada.

– Até logo – respondeu Bertha.

A srta. Fulton segurou sua mão por mais um instante.

– Sua linda pereira! – murmurou.

E então foi embora, com Eddie atrás, como o gato preto atrás da gata cinzenta.

– Encerrando o dia – disse Harry na maior calma e compostura.

"Sua linda pereira – pereira – pereira!"

Bertha foi correndo até as janelas.

– Oh, o que vai acontecer agora? – gritou.

Mas a pereira continuava linda, florida e imóvel como sempre.

Psicologia

Quando abriu a porta e o viu parado ali, ela ficou mais contente do que nunca e ele, ao segui-la entrando no estúdio, também parecia feliz, muito feliz de ter vindo.

– Ocupada?
– Não. Ia tomar chá.
– Está esperando alguém?
– Não, ninguém.
– Ah, que bom!

Ele pôs de lado o casaco e o chapéu, devagar, com calma, como se tivesse tempo de sobra para tudo ou estivesse se despedindo deles para sempre, aproximou-se do fogo e estendeu as mãos para a chama viva e ligeira.

Por um instante, os dois ficaram calados diante daquela luz ligeira. Era como se ainda sentissem nos lábios sorridentes a doce surpresa do encontro. Seus eus secretos sussurravam:

– Para que falar? Assim não basta?
– Mais do que basta. Nunca tinha percebido até agora...
– Como é bom estar com você...
– Assim...
– Mais do que basta.

Mas de repente ele se virou e olhou para ela, que se afastou depressa.

– Quer um cigarro? Vou esquentar a chaleira. Sonhando com um chá?

– Não, sonhando não.

– Bom, eu estou.

– Ah, você. – Bateu na almofada armênia e jogou no *sommier*. – Você é uma verdadeira chinesinha.

– Sou mesmo – riu. – Adoro chá como um homem forte adora vinho.

Ela ligou a lâmpada sob a larga cúpula alaranjada, puxou as cortinas e aproximou a mesa de chá. Dois passarinhos silvaram na chaleira; o fogo flutuou. Ele se sentou abraçando os joelhos. Era um prazer – essa história de tomar chá – e ela sempre tinha coisas deliciosas para comer – sanduichinhos triangulares, docinhos de amêndoa, um bolo escuro e saboroso com gosto de rum – mas era uma interrupção. Ele queria que acabasse, que se afastasse a mesa, que se puxassem as duas cadeiras para a luz e chegasse o momento em que tirava o cachimbo, enchia o fornilho de fumo e dizia, pressionando bem o tabaco: "Andei pensando no que você disse da última vez e acho que...".

Sim, era o que ele esperava e ela também. Sim, enquanto passava o bule de chá pelo fogareiro para esquentá-lo e secá-lo, ela viu aqueles outros dois, ele, recostando-se e se acomodando entre as almofadas, e ela, enrolada como um caracol na concha da poltrona azul. O quadro era tão claro e minucioso que podia estar pintado na tampa do bule azul. Mesmo assim não ia se apressar. Era quase capaz de exclamar: "Me dê tempo".

Precisava de tempo para se acalmar. Queria tempo para se libertar de todas aquelas coisas familiares com que convivia com tanta vivacidade. Pois todas essas coisas alegres ao redor faziam parte dela – sua prole – e sabiam disso e faziam as maiores e mais veementes exigências. Mas agora precisavam ir. Precisavam ser tocadas dali, enxotadas dali – como crianças, que a gente manda subirem as escadas na penumbra, se enfiarem na cama e dormirem – já – sem dar nem mais um pio!

Pois o que havia de especial na amizade entre eles era a completa rendição. Como duas cidades abertas no meio de alguma vasta planície, as duas mentes se mantinham abertas uma à outra. E não que ele entrasse na dela como um cavaleiro conquistador, armado até os olhos, sem nada ver além de um alegre flutuar de seda – nem que ela entrasse na dele como uma rainha andando suavemente sobre pétalas. Não, eles eram viajantes sérios e atentos, empenhados em entender o que estava à vista e em descobrir o que estava oculto – aproveitando ao máximo essa sorte absoluta e extraordinária que permitia a ele ser totalmente honesto com ela e a ela ser totalmente sincera com ele.

E o melhor era que ambos tinham idade suficiente para aproveitar a aventura ao máximo sem qualquer tola complicação emocional. A paixão estragaria tudo; sabiam muito bem disso. Ademais, esse tipo de coisa já passara para ambos – ele estava com trinta e um anos, ela com trinta – haviam tido suas experiências, e muito ricas e variadas haviam sido, mas agora era tempo de colheita – colheita. Pois os romances dele não seriam em breve grandiosos? E as peças dela. Quem mais tinha sua refinada percepção da verdadeira Comédia Inglesa?...

Ela cortou com cuidado o bolo em pequenos pedaços grossos e ele se estendeu para pegar um deles.

– Sente como é bom? – ela perguntou em tom suplicante. – Coma com a imaginação. Revire os olhos, saboreie com o olfato. Não é um sanduíche do Chapeleiro Maluco – é o tipo de bolo que podia estar no Livro do Gênesis... E Deus disse: "Faça-se o bolo. E fez-se o bolo. E Deus viu que era bom".

– Nem precisa dizer – ele falou. – Não precisa mesmo. É engraçado, mas sempre presto atenção ao que como aqui e nunca em qualquer outro lugar. Imagino que é porque vivo sozinho há tanto tempo e estou sempre lendo enquanto como... meu hábito de ver comida como mera comida... algo que está ali, em certas horas... para ser devorado... para não estar... mais ali. – Riu. – Isso a espanta, não?

– Até a medula – respondeu ela.

– Mas veja... – Ele empurrou a xícara e começou a falar muito depressa. – É que simplesmente não tenho qualquer vida externa. Não sei os nomes de muitas coisas, árvores e assim por diante, e nunca presto atenção aos lugares, à mobília ou à aparência das pessoas. Para mim, uma sala é igual a outra, um lugar para se sentar, ler ou conversar, exceto... – e aqui ele parou, sorriu com uma estranha ingenuidade e disse – exceto esta sala.

Olhou em torno de si e então para ela; riu em seu espanto e prazer. Parecia alguém que acorda num trem e vê que já chegou ao fim da viagem.

– Tem outra coisa engraçada. Se eu fecho os olhos, posso ver esse lugar em todos os detalhes, todos eles... Isso me ocorre agora; nunca tinha percebido antes. Muitas vezes, estando longe, volto aqui em espírito, vagueio entre as cadeiras vermelhas, olho a travessa de frutas na mesa preta e então, muito de leve, encosto um dedo naquela peça maravilhosa que é a cabeça de um menino dormindo.

Olhou para a peça enquanto falava. Ficava no canto da cornija: o menino de cabeça baixa e inclinada de lado, os lábios entreabertos, como se ouvisse no sono algum som suave...

– Adoro aquele menino – murmurou ele. E então os dois ficaram em silêncio.

Veio entre eles um novo silêncio. Não se parecia em nada com aquela pausa satisfeita que se seguira à saudação inicial, aquela "Bom, aqui estamos nós de novo, e não há por que não retomarmos de onde paramos na última vez". Aquele silêncio podia caber no círculo da luz do abajur e do fogo quente e agradável. Quantas vezes não haviam atirado alguma coisa naquele círculo, só pelo gosto de ver as ondulações se quebrarem nas margens tranquilas. Mas, nesse lago pouco conhecido, a cabeça do menino imerso em seu sono intemporal caiu e as ondulações se afastaram na distância – uma distância sem fim – numa profunda escuridão faiscante.

E então os dois o romperam. Ela disse: "Tenho de avivar o fogo", e ele disse: "Venho tentando uma nova...". Os dois fugiram. Ela avivou o fogo e removeu a mesa, a poltrona azul de rodinhas veio para a frente, ela se enrodilhou e ele se reclinou entre as almofadas. Depressa! Depressa! Precisavam impedir que acontecesse de novo.

– Bem, li o livro que você deixou da outra vez.
– Ah, e o que achou?

Engataram e tudo era como sempre. Era mesmo? Não estavam indo um pouco depressa demais, rápidos demais nas respostas, ligeiros demais em prosseguir? Aquilo de fato resultaria em algo mais do que uma ótima imitação de outras ocasiões? O coração dele batia; a face dela ardia, e a tolice era que ela não conseguia descobrir onde estavam exatamente ou o que exatamente estava acontecendo. Não tinha tempo de olhar para trás. E, tendo ela chegado a este ponto, aconteceu outra vez. Oscilaram, cambalearam, cederam, silenciaram. Outra vez aperceberam-se da indagadora escuridão sem fim. Outra vez lá estavam – dois caçadores, inclinados sobre o fogo, mas de repente ouvindo da selva por trás uma rajada de vento e um grito alto e indagador...

Ela ergueu a cabeça.
– Está chovendo – murmurou. E sua voz era como a dele quando disse: "Adoro aquele menino".

Bem. Por que simplesmente não davam espaço – não se rendiam – e viam o que então aconteceria? Mas não. Por vagos e perturbados que estivessem, podiam perceber que a preciosa amizade deles estava em perigo. Quem se destruiria seria ela – não eles – e não queriam participar disso.

Ele se levantou, esvaziou o cachimbo, passou os dedos entre os cabelos e disse:

– Ultimamente tenho pensado muito se o romance do futuro será psicológico ou não. Até que ponto você acha que a psicologia, enquanto psicologia, tem alguma coisa a ver com a literatura?

– O que você diz é que há uma boa chance de que as misteriosas criaturas inexistentes, os jovens escritores de hoje, estejam apenas tentando se apropriar do campo do psicanalista?

– É, isso mesmo. E creio que é porque essa geração sabe que está doente e percebe que sua única chance de se recuperar é penetrar em seus sintomas... estudá-los exaustivamente, rastreá-los, tentar chegar à raiz do problema.

– Mas... – ela gemeu. – Que visão mais desalentadora.

– Não, de maneira nenhuma – disse ele. – Veja...

A conversa continuou. E agora parecia que tinham realmente conseguido. Ela se virou na poltrona para olhá-lo, enquanto respondia. Seu sorriso dizia: "Vencemos". E ele devolveu o sorriso, confiante: "Cem por cento".

Mas o sorriso os traiu. Durou demais; virou uma careta forçada. Viram-se como dois bonequinhos careteiros bamboleando e se desfazendo em nada.

"Do que estávamos falando?", pensou ele. Sentiu um enfado tão grande que quase gemeu.

"Que espetáculo armamos nós dois", pensou ela. E o viu laboriosamente – oh, laboriosamente – abrindo terreno e ela correndo atrás, aqui passando uma árvore, ali um arbusto em flor, acolá alguns peixes cintilantes numa lagoa. Desta vez ficaram em silêncio por puro desânimo.

O relógio bateu seis toquezinhos alegres e o fogo flutuou suave. Que tolos eram – pesados, enfadonhos, maduros – com um acolchoamento mental que realmente amortecia.

E agora o silêncio lançou sobre eles um sortilégio como uma música solene. Era angústia – angústia dela em suportá-lo e ele morreria – morreria se fosse rompido... E mesmo assim ele queria rompê-lo. Não pela fala. Pelo menos, não pela conversa usual deles, enlouquecedora. Havia outra maneira de falarem um ao outro, e na nova maneira ele queria murmurar: "Você sente isso também? Consegue entender?"...

No entanto, para seu horror, ele se ouviu dizer:

– Preciso ir; vou encontrar Brand às seis.

Que demônio o fez dizer isso em vez daquilo outro? Ela saltou – simplesmente saltou da poltrona e ele a ouviu exclamar:

– Precisa correr, então. Ele é tão pontual! Por que não me disse antes?

"Você me feriu; você me feriu! Falhamos!", dizia seu eu secreto enquanto lhe estendia o chapéu e a bengala, sorrindo alegremente. Não deu a ele ocasião de dizer qualquer outra palavra, apressou-se pelo corredor e abriu a grande porta externa.

Poderiam se deixar assim? Como? Ele parou no degrau e ela, do lado de dentro, ficou segurando a porta. Não chovia mais.

"Você me feriu – me feriu", dizia seu coração. "Por que não vai? Não, não vá. Fique. Não – vá!" Olhou a noite lá fora.

Viu a bela descida dos degraus, o jardim escuro rodeado de hera cintilante, os enormes salgueiros nus do outro lado da rua e por cima deles o céu imenso e brilhando de estrelas. Mas claro que ele não via nada daquilo. Era superior a tudo isso. Ele, com sua maravilhosa visão "espiritual"!

Ela tinha razão. Ele não viu nada daquilo. Que desgraça! Perdera. Tarde demais para fazer qualquer coisa agora. Tarde demais? Sim, demais. O sopro gelado de um vento odioso entrou no jardim. Que vida maldita! Ele ouviu sua exclamação, "*Au revoir*", e a porta que se bateu.

Correndo de volta ao estúdio, ela se comportou de maneira muito estranha. Corria de um lado a outro erguendo os braços e gritando: "Oh! Oh! Que idiota! Que imbecil! Que idiota!". E então se jogou no *sommier* sem pensar em nada – só deitada ali em sua fúria. Tudo acabado. O quê, acabado? Oh, alguma coisa. E nunca mais iria vê-lo – nunca mais. Depois de longo, longo tempo (ou talvez uns dez minutos) naquele abismo negro, a campainha trinou rápida e aguda. Era ele, claro. E claro, também, ela não devia prestar a mínima atenção e devia deixar que continuasse a tocar e a tocar. Foi voando atender.

Na entrada estava uma velha senhora, uma pobre criatura que simplesmente a idolatrava (sabem lá os céus por quê) e tinha esse costume de aparecer, tocar a campainha e dizer quando ela abria a porta: "Minha querida, pode me enxotar!". Nunca a enxotava. Como regra, dizia para entrar, deixava que admirasse tudo e aceitava o ramo de flores que pareciam levemente sujas de terra – sempre muito afável. Mas hoje...

– Oh, lamento muito – exclamou ela. – Mas estou com alguém. Estamos trabalhando numas gravuras. Estou muito ocupada a noite toda.

– Não tem importância. Não tem importância alguma, querida – disse a boa amiga. – Só estava passando e pensei em lhe deixar algumas violetas.

Vasculhou entre as dobras de uma sombrinha velha.

– Pus aqui dentro. Um bom lugar para proteger as flores do vento. Aqui estão – disse tirando um pequeno buquê fanado.

Por um momento ela não pegou as violetas. Mas, enquanto estava ali dentro, segurando a porta, aconteceu uma coisa estranha. Viu de novo a bela descida dos degraus, o jardim escuro rodeado de hera cintilante, os salgueiros, o imenso céu brilhante. De novo sentiu o silêncio que era como uma pergunta. Mas desta vez não hesitou. Adiantou-se. Com muita suavidade e gentileza, como que temendo provocar uma ondulação naquele lago de quietude sem fim, abraçou a amiga.

– Minha querida – murmurou a amiga feliz, emocionada com a gratidão. – Não é nada, mesmo. Apenas um buquezinho muito simples e barato.

Mas, enquanto falava, foi envolvida – abraçada com mais ternura, com mais beleza, retida tão demoradamente por uma pressão tão suave que a cabeça da pobre mulher começou a girar e teve forças apenas para perguntar em voz trêmula:

– Então realmente não a incomodo demais?

– Boa noite, minha amiga – sussurrou a outra. – Volte logo.

– Oh, volto, volto sim.

Desta vez ela retornou devagar para o estúdio e, de pé no meio da sala com os olhos semicerrados, sentiu-se tão leve, tão repousada, como se acordasse de um sono de criança. Até respirar era uma alegria...

O *sommier* estava muito desarrumado. Todas as almofadas "como montanhas enfurecidas", como dizia ela; pôs em ordem antes de ir para a escrivaninha.

"Tenho pensado sobre nossa conversa a respeito do romance psicológico", começou ela, "é de fato extremamente interessante"... E assim por diante.

No final, escreveu: "Boa noite, meu amigo. Volte logo".

A aula de canto

Com o desespero – um desespero frio e cortante – cravado no fundo do coração como uma faca cruel, a srta. Meadows, de beca e capelo e portando uma pequena batuta, percorreu os corredores frios que levavam ao salão de música. Garotas de todas as idades, coradas pelo ar e transbordando aquela alegre animação que se sente ao disparar para a escola numa bela manhã de outono, corriam, saltavam, esvoaçavam; das salas de aula vazias vinham vozes matraqueando velozes; um sino tocou; uma voz como de pássaro gritou "Muriel". E então da escada veio um tremendo bum-bum-trabum. Alguém tinha deixado cair os halteres.

A professora de Ciências deteve a srta. Meadows.
– Bom diii-a – exclamou com sua fala arrastada, suave e afetada. – Não está frio? Parece até inverno.

A srta. Meadows, comprimindo a faca, fitou com ódio a professora de Ciências. Tudo nela era doce, pálido, como mel. Não seria surpresa ver uma abelha presa no emaranhado daquele cabelo louro.

– Cortante – respondeu a srta. Meadows carrancuda.

A outra abriu seu sorriso meloso.

– Você parece gelaaaa-da – disse. Seus olhos azuis se abriram muito; tinham um brilho zombeteiro. (Teria notado alguma coisa?)

– Ora, nem tanto assim – a srta. Meadow disse e respondeu ao sorriso da professora de Ciências com uma rápida careta e seguiu adiante...

As Turmas Quatro, Cinco e Seis estavam reunidas no salão. O barulho era ensurdecedor. No estrado, junto ao piano, estava Mary Beazley, a favorita da srta. Meadows, que tocava o acompanhamento. Estava girando a banqueta do piano. Quando viu a srta. Meadows, soltou um sonoro "Pssss, meninas!" de advertência, e a srta. Meadow, as mãos enfiadas nas mangas, a batuta debaixo do braço, desceu pela passagem central, subiu os degraus, virou-se bruscamente, pegou o suporte metálico da partitura, plantou-o diante de si e deu duas batidas secas com a batuta, exigindo silêncio.

– Silêncio, por favor! Já!

E, sem se deter em ninguém, seu olhar passeou por aquele oceano de blusas de flanela colorida, onde se agitavam mãos e faces rosadas, tremulavam tiaras de borboleta e se espalhavam pautas musicais. Ela sabia muito bem o que estavam pensando. "Meady está brava." Ora, que pensassem! Suas pálpebras estremeceram; empinou a cabeça, em desafio. Que importância tinha o que aquelas criaturas pensavam para quem estava ali sangrando até a morte, ferida no coração, no fundo do coração, por uma carta assim – ... "Sinto cada vez mais que nosso casamento seria um erro. Não que eu não ame você. Amo até onde me é possível amar uma mulher, mas, para dizer a verdade, cheguei à conclusão de que não sou homem de casar e a ideia de ter um lar me enche apenas de..." – e a palavra "aversão" estava levemente apagada e por cima estava escrito "pesar".

Basil! A srta. Meadows avançou empertigada até o piano. E Mary Beazley, que aguardava por esse momento, curvou-se, os cachos lhe caíram na face enquanto murmurava "Bom dia, Srta. Meadows" e, mais do que estender, fez avançar até sua professora um belo crisântemo amarelo. Esse pequeno ritual da flor vinha se passando fazia uma eternidade, pelo menos um semestre e meio. Fazia parte da aula, tanto quanto abrir o piano. Mas nesta manhã, em vez de pegá-lo, em vez de colocá-lo no cinto enquanto se inclinava para Mary e dizia "Obrigada, Mary. Quanta gentileza! Vire na página 32", qual não foi o horror de Mary quando a srta. Meadows ignorou totalmente o crisântemo, não respondeu à saudação e disse numa voz fria como gelo "Página 14, por favor, e marque bem os acentos".

Momento desconcertante! Mary enrubesceu até lhe virem lágrimas aos olhos, mas a srta. Meadows voltara ao pedestal da partitura; sua voz ressoou por todo o salão.

– Página catorze. Vamos começar com a página catorze. "Um lamento." Agora, meninas, vocês já devem conhecê-lo. Vamos a ele todas juntas, não por partes, mas todas juntas. E sem expressão. Mas cantem com muita simplicidade, marcando o tempo com a mão esquerda.

Ergueu a batuta; bateu no pedestal duas vezes. Então entrou Mary com a nota de abertura; então entraram todas aquelas mãos esquerdas, marcando no ar, e entoaram aquelas vozes jovens e lamentosas:

Logo! Ah, logo murcham as rosas do prazer;
E breve se rende o outono à tristeza invernal.
Veloz! Ah, veloz o alegre compasso musical
Passa pelo ouvinte e vai desaparecer.

Bons céus, o que podia ser mais trágico do que esse lamento! Cada nota era um suspiro, um soluço, um gemido de imensa dor. A srta. Meadows ergueu os braços em sua beca larga e começou a reger com as duas mãos. "Sinto cada vez mais que nosso casamento seria um erro...", marcava ela. E as vozes gritavam: *Veloz! Ah, veloz*. O que se apoderara dele para escrever uma carta assim! O que levara a isso! Saiu do nada. A carta anterior tinha sido, toda ela, sobre uma estante de carvalho escurecido que ele comprara para "nossos" livros e um "belo aparadorzinho" que tinha visto, "muito alinhado, com uma coruja entalhada num suporte, segurando nas garras três escovas de chapéu". Como ela sorrira àquilo! Tão coisa de homem achar que alguém precisaria de três escovas de chapéu! *Passa pelo ouvinte*, cantavam as vozes.

– Mais uma vez – disse a srta. Meadows. – Mas agora em partes. Ainda sem expressão.

Logo! Ah, logo. Somando-se a tristeza dos contraltos, era até difícil evitar um estremecimento. *Murcham as rosas do prazer*. Na última vez em que veio vê-la, Basil trazia uma rosa na lapela. Como estava bonito naquele terno azul-vivo, com aquela rosa vermelho--escuro! E ele sabia disso. Não tinha como não saber. Primeiro alisou o cabelo, depois o bigode; ao sorrir, os dentes faiscaram.

– A esposa do diretor vive me convidando para jantar. Uma amolação. Nunca tenho uma noite só para mim naquele lugar.

– Mas você não pode recusar?

– Oh, para um homem em minha posição não cairia bem ser antipático.

O alegre compasso musical, lamentavam as vozes. Os salgueiros, do lado de fora das janelas altas e estreitas, ondulavam ao vento. Tinham perdido metade das folhas. As pequeninas ainda restantes se retorciam como peixes num anzol. "... Não sou homem de casar..." As vozes tinham se calado; o piano aguardava.

– Muito bom – disse a srta. Meadows, mas ainda num tom tão frio e estranho que as meninas mais novas começaram a se sentir realmente assustadas.

– Mas, agora que já conhecemos, vamos cantar com expressão. Pensem nas palavras, meninas. Usem a imaginação. *Logo! Ah, logo* – exclamou a srta. Meadows. – Deve irromper – um *forte* alto, vigoroso – um lamento. E então, no segundo verso, *tristeza invernal*, a *tristeza* tem de soar como se soprasse um vento gelado. *Tristee-eeza* – falou de maneira tão sinistra que Mary Beazley em seu banquinho contorceu as costas.

– O terceiro verso deve ser um *crescendo* só. *Veloz! Ah, veloz o alegre compasso musical*. Quebrando na primeira palavra do último verso, *Passa*. E então na palavra *pelo* vocês começam a morrer... a se extinguir... até que *vai desaparecer* não passe de um sussurro bem fraquinho... Podem ir devagar o quanto quiserem no último verso. Agora, por favor.

De novo as duas leves batidinhas; ergueu novamente os braços. *Logo! Ah, logo*. "... e a ideia de ter um lar me enche apenas de aversão –" Era aversão o que ele tinha escrito. Era igual a dizer que o noivado deles estava definitivamente rompido. Rompido! O noivado! As pessoas já tinham se surpreendido quando ficou noiva. A professora de Ciências no começo não acreditou. Mas ninguém se surpreendera mais do que ela. Estava com trinta anos. Basil, com vinte e cinco. Tinha sido um milagre, um verdadeiro milagre, ouvi-lo dizer, voltando da igreja naquela noite muito escura, "Sabe, de alguma maneira eu me apaixonei por você". E pegara a ponta de seu boá de plumas de avestruz. *Passa pelo ouvinte e vai desaparecer*.

– Repitam! Repitam! – disse a srta. Meadows. – Mais expressão, meninas! Outra vez!

Logo! Ah, logo. As mais velhas estavam de cor escarlate; algumas das mais novas começaram a chorar. Grandes pingos de chuva se arremessavam contra as janelas e dava para ouvir os salgueiros sussurrando "... não que eu não ame você...".

"Mas, meu querido, se você me ama", pensou a srta. Meadows, "não me interessa o quanto. Pode ser bem pouquinho". Mas sabia que ele não a amava. Nem se deu ao trabalho de apagar totalmente aquela palavra "aversão", para que ela não visse! *E breve se rende o outono à tristeza invernal*. Teria de deixar a escola também. Jamais conseguiria encarar a professora de Ciências nem as meninas, depois que soubessem. Teria de sumir em algum lugar. *Passa*. As vozes começaram a morrer, a se extinguir, a sussurrar... a desaparecer...

De repente a porta se abriu. Uma menina de azul veio alvoroçada pela passagem, baixando a cabeça, mordendo os lábios e girando a pulseira prateada em seu pulsinho vermelho. Subiu os degraus e parou diante da srta. Meadow.

– Bem, Monica, o que é?

– Oh, por favor, srta. Meadows – disse a menina ofegante. – A srta. Wyatt quer vê-la na sala da diretoria.

– Muito bem – respondeu a srta. Meadows e se dirigiu às meninas. – Deixarei a cargo de vocês que falem baixo enquanto eu estiver fora.

Mas elas estavam abatidas demais para fazer qualquer outra coisa. A maioria assoava o nariz.

Os corredores estavam frios e silenciosos; os passos da srta. Meadows faziam eco. A diretora estava sentada à escrivaninha. Não ergueu os olhos de imediato. Estava como sempre desembaraçando os óculos, que haviam ficado presos no laçarote rendado.

– Sente-se, srta. Meadows – disse muito gentil. E então pegou um envelope cor-de-rosa de sob o mata-borrão. – Mandei chamá-la porque acabou de chegar este telegrama para você.

– Um telegrama para mim, srta. Wyatt?

Basil! Ele tinha se suicidado, concluiu a srta. Meadows. Estendeu ligeiro a mão, mas a srta. Wyatt reteve o telegrama por um instante.

– Espero que não sejam más notícias – disse mais do que gentil.

E a srta. Meadows abriu de um rasgão.

"Desconsidere carta, devia estar louco, comprei chapeleira hoje – Basil", leu ela. Não conseguia desgrudar os olhos do telegrama.

– Espero que não seja nada muito grave – disse a srta. Wyatt inclinando-se para ela.

– Oh, não, obrigada, srta. Wyatt – corou a srta. Meadows. – Não é nada de ruim. É... – e soltou um risinho com ar de desculpa – é de meu noivo dizendo que... dizendo que...

Houve uma pausa.

– *Entendo* – disse a srta. Wyatt.

E outra pausa. Então:

– Você ainda tem quinze minutos de aula, não, srta. Meadows?

– Sim, srta. Wyatt.

Levantou-se. Quase correu para a porta.

– Oh, mais um minutinho, srta. Meadows – disse a srta. Wyatt. – Devo dizer que não aprovo que meus professores recebam telegramas no horário das aulas, exceto em casos de notícias muito graves, como uma morte – explicou a srta. Wyatt – ou um acidente muito sério ou algo assim. Como sabe, srta. Meadows, as boas notícias sempre podem esperar.

Voando nas asas da esperança, do amor, da alegria, a srta. Meadows se apressou de volta ao salão, percorreu a passagem, subiu os degraus, acercou-se do piano.

– Página 32, Mary – disse –, página 32 – e, pegando o crisântemo amarelo, segurou-o diante dos lábios para ocultar o sorriso.

Então virou-se para as meninas e deu uma batida seca com a batuta:

– Página trinta e dois, meninas. Página trinta e dois.

Aqui viemos hoje cobertas de flores,
Com cestos repletos de frutas e fitas,
Para celebraaaar...

– Parem! Parem! – gritou a srta. Meadows. – Está horrível. Está pavoroso.

Olhou radiante para suas meninas.

– O que há com vocês? Pensem, meninas, pensem no que estão cantando. Usem a imaginação. *Cobertas de flores. Cestos repletos de frutas e fitas*. E *celebrar*.

A srta. Meadows se interrompeu.

– Não fiquem com ar tão triste, meninas. É para soar alegre, caloroso, exultante. *Celebrar*. Mais uma vez. Rápido. Todas juntas. Agora!

E nesse momento a voz da srta. Meadows se sobrepôs a todas as outras – cheia, profunda, resplandecendo de expressão.

A vida da Mã Parker

Quando o senhor escritor, cujo apartamento a velha Mã Parker limpava todas as terças-feiras, abriu-lhe a porta naquela manhã, perguntou de seu neto. Mã Parker ficou no capacho dentro do pequeno vestíbulo escuro e estendeu a mão para ajudar seu patrão a fechar a porta, antes de responder.

– Enterramos ele ontem, senhor – disse em voz baixa.

– Oh, céus! Lamento saber – disse o senhor escritor em tom chocado.

Estava em meio ao desjejum. Usava um robe muito puído e tinha na mão um jornal amarfanhado. Mas se sentiu desconfortável. Não podia voltar à sala de estar agradavelmente aquecida sem dizer alguma coisa – alguma coisa mais. Então, como aquele pessoal dava tanto valor a funerais, disse bondoso:

– Espero que o funeral tenha ido bem.

– Discurpe, senhor? – perguntou Mã Parker em voz rouca.

Pobre velha! Parecia mesmo destroçada.

– Espero que o funeral tenha sido um... um sucesso – disse ele.

Mã Parker não respondeu. Curvou a cabeça e foi mancando para a cozinha, segurando a velha cesta de pescaria que continha seus materiais de limpeza, um avental e um par de chinelos de feltro. O senhor escritor ergueu as sobrancelhas e voltou ao desjejum.

– Acabrunhada, imagino – disse em voz alta, servindo-se de geleia.

Mã Parker tirou os dois grampos e pendurou a touca atrás da porta. Desvencilhou-se do casaco surrado e pendurou-o também. Então amarrou o avental e sentou-se para tirar as botinas. Era um suplício para ela pôr ou tirar as botinas, mas um suplício que já vinha de muitos anos. De fato estava tão acostumada à dor que, antes mesmo de soltar os cadarços, já contraíra e contorcera o rosto preparando-se para a aguilhoada. Feito isso, encostou-se na cadeira com um suspiro e esfregou levemente os joelhos...

"Vó! Vó!" O netinho ficou de pé em seu colo, com as botas de abotoar. Acabava de voltar das brincadeiras na rua.

"Veja o estado em que você deixou a saia da sua avó, seu menino malvado!"

Mas ele lhe abraçou o pescoço e esfregou sua bochecha na dela.

"Vó, dá um pence!", pediu agradando a avó.

"Deixe disso, a vó não tem nenhum pence."

"Tem, tem sim."

"Não tenho não."

"Tem, tem sim. Dá um!"

E já estava lá ela apalpando a bolsa velha e amassada de couro preto.

"Bom, e o que você vai dar pra sua vó?"

Ele deu um risinho tímido e a abraçou com mais força. Ela sentiu os cílios dele vibrando na sua face.

"Não tenho nada", ele murmurou...

A velha se levantou de um salto, pegou a panela de ferro no fogão a gás e levou até a pia. O barulho da água correndo na panela parecia amortecer a dor. Ela encheu o balde e a tigela de água também.

Seria preciso um livro inteiro para descrever o estado daquela cozinha. Durante a semana, o senhor escritor "se virava" sozinho. Quer dizer, de vez em quando despejava as folhas de chá num pote de geleia vazio que ficava ali para isso e, se acabavam os garfos limpos, ele passava um ou dois no rolo de toalha. Tirando isso, como explicava aos amigos, seu "sistema" era muito simples e não conseguia entender por que as pessoas faziam tanto escarcéu a respeito das tarefas domésticas.

"Você simplesmente usa tudo o que tem, pega uma velha uma vez por semana para limpar, e pronto."

O resultado parecia uma enorme lata de lixo. Até o chão ficava cheio de farelos, envelopes, tocos de cigarro. Mas Mã Parker não levava a mal. Tinha pena do pobre rapaz, o senhor escritor, que não tinha ninguém que cuidasse dele. Pela janela pequena e encardida dava para ver uma enorme faixa de céu tristonho e, quando havia nuvens, pareciam muito gastas, velhas, esgarçadas nas beiradas, com buracos no meio ou manchas escuras como de chá.

Enquanto a água esquentava, Mã Parker começou a varrer o chão. "É", pensou enquanto batia a vassoura, "entre uma coisa e outra tive meu quinhão. Tive uma vida dura."

Mesmo os vizinhos diziam isso. Muitas vezes, voltando para casa, mancando com sua cesta de pesca, ouvia dizerem entre si, parados na esquina ou debruçados nas grades: "Ela tem uma vida dura, a Mã Parker, se tem". E era tão verdade que não sentia o menor orgulho disso. Era como dizerem que morava nos fundos do subsolo do número 27. Uma vida dura!...

Aos dezesseis anos saíra de Stratford e viera para Londres como ajudante de cozinha. Sim, nascera em Stratford-on-Avon. Shakespeare, senhor? Não, as pessoas sempre lhe perguntavam. Mas nunca tinha ouvido falar nele antes de ver seu nome nos teatros.

Não sobrou nada de Stratford, exceto que, "sentando junto à lareira de noite, dava para ver as estrelas pela chaminé" e "a mãe sempre tinha um pedaço de toicinho, pendendo do forro". E tinha alguma coisa – uma planta, era – na porta da frente que sempre cheirava muito gostoso. Mas a lembrança da planta era muito apagada. Lembrara apenas uma ou duas vezes no hospital, quando caiu doente.

Era um emprego pavoroso – o seu primeiro. Nunca podia sair. Nunca subia a não ser para as rezas da manhã e do final da tarde. Era um porão grande. E a cozinheira era maldosa. Costumava pegar suas cartas de casa antes de ler e jogava no fogão porque ficava sonhadora... E os besouros! Dá para acreditar? – antes de vir para Londres, nunca tinha visto um besouro preto. Aqui Mã sempre dava uma risadinha, pois imagine só: nunca ter visto um besouro preto! Era como dizer que nunca tinha visto o próprio pé.

Quando aquela família foi despejada, ela foi ser "ajudante" na casa de um médico e depois de dois anos lá, na correria de manhã até a noite, casou-se com o marido. Era um padeiro.

– Um padeiro! – disse o senhor escritor. Pois de vez em quando ele deixava seus livros e emprestava um ouvido, pelo menos, a essa coisa chamada Vida. – Devia ser muito bom ser casada com um padeiro.

A sra. Parker não parecia ter tanta certeza.

– Um ofício tão limpo! – disse o senhor.

A sra. Parker não parecia muito convencida.

– E a senhora não gostava de entregar os pães frescos aos fregueses?

– Bem, senhor, eu não ficava muito na loja. Tivemos treze filhos e enterramos sete. Se não era o hospital, era a enfermaria, por assim dizer!

– Pois é, de fato, sra. Parker! – disse o escritor estremecendo e retomando a caneta.

Sim, sete se foram e, quando os seis ainda eram pequenos, o marido adoeceu de tuberculose. Farinha nos pulmões, disse o médico na época... O marido estava sentado na cama com a camisa levantada, e o médico desenhou com o dedo um círculo nas costas.

– Se cortássemos e abríssemos aqui, sra. Parker – disse o médico –, a senhora ia ver os pulmões entupidos de pó branco. Respire, meu bom homem!

E a sra. Parker nunca soube com certeza se viu ou se imaginou ver uma grande pazada de poeira branca saindo pela boca do pobre marido morto...

Mas que luta foi criar aqueles seis filhos pequenos e guardar tudo para si! Terrível, foi sim. Então, quando todos alcançaram a idade de ir para a escola, a irmã do marido veio ficar com eles para ajudar, e estava lá não fazia mais de dois meses quando caiu da escada e machucou a coluna. E durante cinco anos a Mã Parker teve de cuidar de mais um bebê – e este, que bebê mais chorão! Então Maudie, mocinha, se desencaminhou e levou a irmã Alice junto com ela; os dois meninos emigraram, o jovem Jim foi para a Índia com o exército, e Ethel, a caçula, se casou com um garçonzinho imprestável que morreu de úlcera no ano em que o pequeno Lennie nasceu. E agora o pequeno Lennie, meu neto...

Os montes de xícaras sujas, de pratos sujos, estavam lavados e enxugados. As facas pretas feito carvão foram esfregadas com uma rodela de batata e polidas com um pedaço de cortiça. A mesa foi escovada, bem como o armário e a pia onde antes nadavam caudas de sardinhas...

Nunca foi um menino forte – nunca, desde o começo. Tinha sido um daqueles bebês bonitos que todo mundo achava que era menina. Lindos cachinhos prateados, olhos azuis, uma pequena pinta que parecia um diamante num dos lados do nariz. Que trabalheira tinham tido para criar aquele bebê, ela e Ethel! As coisas dos jornais que experimentavam com ele! Todo domingo de manhã, Ethel lia em voz alta enquanto a Mã Parker lavava roupa.

"Prezado Senhor: Apenas algumas linhas para informar que minha pequena Myrtil estava à beira da morte... Depois de quatro frascos... ganhou quatro quilos em nove semanas e continua a engordar."

E então o tinteiro saía do armário, a carta ficava pronta, e a Mã, indo para o trabalho na manhã seguinte, comprava um selo. Mas não adiantava. Nada fazia Lennie ganhar corpo. Nem mesmo levá-lo ao cemitério jamais lhe trazia cores ao rosto; uma bela chacoalhada no ônibus jamais melhorava seu apetite.

Mas era o menino da vó desde o começo...

"De quem é este menino?", perguntava a velha Mã Parker, endireitando-se ao pé do fogão e indo até o vidro encardido da janela. E uma vozinha, tão quente, tão próxima, como que a sufocava – parecia estar dentro do peito, sob o coração – ria e dizia: "Sou o menino da vó!".

Naquele momento ouviram-se passos, e o senhor escritor apareceu, vestido para sair.

– Sra. Parker, estou saindo.

– Sim, senhor.

– Sua meia coroa está na base do tinteiro.

– Obrigada, senhor.

– Oh, aliás, sra. Parker – perguntou rapidamente o senhor escritor –, a senhora não jogou fora nenhum cacau em pó da última vez que esteve aqui, não é mesmo?

– Não, senhor.

– Que estranho. Seria capaz de jurar que deixei uma colherada de cacau em pó na lata.

Interrompeu-se. Falou em tom suave e firme:

– A senhora sempre me avise quando jogar alguma coisa fora, entendido, sra. Parker?

E saiu muito satisfeito consigo mesmo, realmente convencido de que mostrara à sra. Parker que, sob seu aparente desleixo, era tão vigilante quanto uma mulher.

A porta bateu. Ela levou seus panos e escovas para o quarto de dormir. Mas, quando começou a fazer a cama, alisando, esticando, afofando, a lembrança do pequeno Lennie foi insuportável. Por que ele tinha de sofrer tanto? Era isso que ela não conseguia entender.

Por que um anjinho como aquele tinha de arfar e lutar para respirar? Não fazia nenhum sentido uma criança sofrer daquela maneira.

... Do pequeno peito de Lennie saía um som que parecia alguma coisa fervendo. Havia uma grande massa de alguma coisa borbotando no peito da qual ele não conseguia se livrar. Quando tossia, o suor lhe molhava a testa, os olhos saltavam, as mãos se agitavam e a grande massa borbotava como uma batata numa panela fervendo. Mas o mais horrível de tudo era que, quando não tossia, ficava sentado apoiado ao travesseiro, sem falar nem responder ou sequer mostrar que ouvia. Parecia apenas ofendido.

– Não é culpa da sua pobre e velha vovó, meu querido – dizia a velha Mã Parker, afastando o cabelo úmido de suor de suas orelhinhas rubras. Mas Lennie afastava a cabeça de repelão. Extremamente ofendido com ela, parecia – e solene. Curvava a cabeça e olhava a avó de soslaio, como se não conseguisse acreditar que ela era capaz de uma coisa dessas.

Mas no fim... A Mã Parker estendeu a colcha na cama. Não, simplesmente não conseguia pensar naquilo. Era demais – a vida dela já tinha sido pesada demais. Aguentara até agora, guardara para si e nunca ninguém a vira chorar. Nunca, ninguém. Nem mesmo seus filhos jamais viram a Mã ceder. Sempre se mantivera firme. Mas agora! Lennie se fora – o que ela tinha? Não tinha nada. Ele era tudo o que ela tinha na vida, e agora lhe fora tirado também. Por que tudo isso tinha que acontecer comigo?, perguntou-se.

– O que eu fiz? – disse a velha Mã Parker. – O que eu fiz?

Ao dizer estas palavras, soltou de repente a escova. Viu-se na cozinha. Era tão grande sua infelicidade que prendeu a touca, pôs o casaco e saiu do apartamento como se sonhasse. Não sabia o que estava fazendo. Parecia uma pessoa tão atordoada pelo horror dos acontecimentos que simplesmente vai embora – para qualquer lugar, como se, andando, conseguisse escapar...

Fazia frio na rua. O vento estava gelado. As pessoas passavam rápido, muito depressa; os homens andavam como tesouras, as mulheres, como gatos. E ninguém sabia – ninguém se importava. Mesmo que ela cedesse, que finalmente, depois de todos esses anos, chorasse, a prisão seria a mesma.

Mas, à ideia de chorar, foi como se o pequeno Lennie saltasse para os braços da avó. Ah, é isso o que ela quer fazer, meu querido. A vó quer chorar. Se pelo menos pudesse chorar agora, chorar por muito tempo, chorar por todas as coisas, começando pelo primeiro emprego e a cozinheira maldosa, passando para a casa do médico, e então para a perda dos sete pequeninos, a morte do marido, os filhos indo embora e todos os anos de infelicidade, até Lennie. Mas chorar devidamente por todas essas coisas tomaria muito tempo. Mesmo assim, chegara a hora. Precisava. Não podia guardar mais; não podia esperar mais... Aonde podia ir?

"Ela tem uma vida dura, a Mã Parker, tem sim." Sim, uma vida dura, de fato! Seu queixo começou a tremer; não havia tempo a perder. Mas onde? Onde?

Não podia ir para casa; Ethel estava lá. Ethel morreria de susto. Não podia se sentar num banco qualquer; as pessoas viriam fazer perguntas. Não podia voltar ao apartamento do senhor escritor; não tinha o direito de chorar na casa dos outros. Se sentasse em algum degrau, algum policial viria falar com ela.

Oh, não havia nenhum lugar onde pudesse se esconder, estar sozinha, ficar o quanto quisesse, sem perturbar ninguém, sem ninguém a incomodá-la? Não havia nenhum lugar no mundo onde pudesse chorar – finalmente?

A Mã Parker ficou ali parada, olhando um lado e outro. O vento gelado enfunou seu avental como um balão. E então começou a chover. Não havia nenhum lugar.

O desconhecido

Parecia à pequena multidão no cais que ela nunca mais se moveria. Lá estava ela, imensa, imóvel na água cinzenta enrugada, uma voluta de fumaça sobre ela, um imenso bando de gaivotas gritando e mergulhando depois de respingarem seus excrementos na popa. Viam-se apenas pequenos casais desfilando – pequenas moscas andando de cá para lá naquela travessa sobre a toalha cinzenta enrugada. Outras moscas se reuniam e enxameavam na ponta. Ora havia um lampejo de branco no convés inferior – o avental do cozinheiro ou talvez da camareira. Ora uma minúscula aranha preta subia correndo a escada até a coberta.

Na frente da multidão, um homem de meia-idade, de aparência robusta, muito bem vestido, muito bem agasalhado num sobretudo cinzento, uma echarpe de seda cinzenta, luvas grossas e chapéu de feltro escuro, andava de um lado para o outro girando o guarda-chuva enrolado. Parecia o líder da pequena multidão no cais, e ao mesmo tempo parecia manter o grupo unido. Era algo entre um pastor e um cão pastor.

Mas que bobagem – que bobagem não ter trazido um binóculo! Não havia um único binóculo entre todo aquele povo.

– Curioso, sr. Scott, que nenhum de nós tenha pensado em binóculos. Poderíamos apressá-los um pouco. Poderíamos fazer alguns sinais. "Não hesitem em desembarcar. Nativos inofensivos." Ou: "Boas vindas. Foi tudo perdoado". Que tal?

O olhar rápido e ansioso do sr. Hammond, tão nervoso, mas tão amistoso e confiante, abarcou todos os presentes no cais, envolveu até aqueles velhos estivadores encostados nos passadiços. Todos sabiam, cada um deles sabia, que a sra. Hammond estava naquela embarcação, e ele estava tão absolutamente empolgado que nem lhe passaria pela cabeça que os outros não estivessem também entusiasmados com esse fato tão maravilhoso. Sentia-se enternecido. Era uma multidão toda de gente muito decente – Aqueles homens também debruçados nos passadiços – estivadores bons, fortes. Que peitos – por Júpiter! E ele endireitou o seu, enfiou as mãos enluvadas nos bolsos e se balançou nos pés.

– Sim, minha esposa esteve na Europa nos últimos dez meses. Visitando nossa filha mais velha, que se casou no ano passado. Eu mesmo trouxe minha mulher de Salisbury até aqui. Então pensei, melhor vir para levá-la de volta. Sim, sim, sim.

Os olhos cinzentos vivazes se estreitaram outra vez e examinaram ansiosamente, rapidamente, o cruzeiro imóvel. Ele desabotoou de novo o sobretudo. De novo saiu dali o relógio fino, amarelo manteiga, e pela vigésima – pela quinquagésima – pela centésima vez ele fez as contas.

– Agora deixe-me ver. Eram duas e quinze quando a lancha do médico saiu. Duas e quinze. Agora são exatamente quatro e vinte e oito. Ou seja, o médico saiu faz duas horas e treze minutos. Duas horas e treze minutos! Pf-fff!

Ele soltou uma espécie de pequeno assobio engraçado e fechou a tampa do relógio.

– Mas creio que nos avisariam se houvesse alguma coisa, não acha, sr. Gaven?

– Oh, sim, sr. Hammond! Creio que não há nada... nada para se preocupar – disse o sr. Gaven, batendo o fornilho do cachimbo no calcanhar do sapato. – Ao mesmo tempo...

– De fato! De fato! – exclamou o sr. Hammond. – Que maçada!

Pôs-se a andar rapidamente de um lado a outro e voltou a seu lugar entre o casal Scott e o sr. Gaven.

– Está escurecendo muito, também – e agitou o guarda-chuva dobrado, como se o lusco-fusco pudesse ter pelo menos a decência de esperar um pouco. Mas o lusco-fusco vinha devagar, espalhando-se como uma lenta mancha sobre a água. A pequena Jean Scott puxava a mãe pela mão.

– Quero meu chá, mamãe! – reclamou.

– Espero que sim – disse o sr. Hammond. – Espero que todas essas senhoras queiram seu chá.

E seu olhar benévolo, animado, quase de dar dó, abarcou todos outra vez. Perguntou-se se Janey estaria tomando uma última xícara de chá lá no salão. Esperava que sim; acreditava que não. Era típico de sua parte não deixar o convés. Neste caso, talvez o atendente do convés lhe trouxesse uma xícara de chá. Se ele estivesse lá, era o que faria – de alguma maneira. E por um momento viu-se no convés, a seu lado, a observar sua mãozinha rodeando a xícara daquele jeito todo seu, enquanto tomava a única xícara de chá que havia a bordo... Mas aqui estava de volta, e só o Senhor sabia quando aquele maldito Capitão ia parar de fazer hora. Deu outra volta, de lá para cá, de cá para lá. Foi até o táxi estacionado, para se assegurar de que o motorista não tinha desaparecido; virou-se e voltou para o grupinho reunido ao abrigo dos engradados de banana. A pequena Jean Scott ainda queria seu chá. Pobrezinha! Gostaria de ter um chocolate para lhe dar.

– Aqui, Jean! – ele chamou. – Quer subir aqui?

E com leveza e delicadeza ele pôs a menina num barril mais alto. O gesto de segurá-la, de mantê-la em equilíbrio, foi um alívio maravilhoso, deixando seu coração mais leve.

– Fique firme – disse ele, ainda com o braço a rodeá-la.

– Oh, não se preocupe com Jean, sr. Hammond! – disse a sra. Scott.

– Está tudo bem, sra. Scott. Não é incômodo nenhum. É um prazer. Jean é amiguinha minha, não é, Jean?

– Sou sim, sr. Hammond – disse Jean, passando o dedo pelo amolgado de seu chapéu de feltro.

Mas de repente ela segurou a orelha dele e gritou bem alto:

– Ooooolhe, sr. Hammond! Está andando! Olhe, está vindo!

Por Júpiter! Estava mesmo. Até que enfim! Devagar, devagar, estava se virando. Uma sineta soou à distância no mar e um grande jorro de vapor esguichou para o alto. As gaivotas subiram e se afastaram esvoaçando como pedaços de papel branco. E se aquela surda pulsação era das máquinas ou de seu coração, o sr. Hammond não sabia dizer. Viesse de onde viesse, ele precisou se acalmar. Naquele instante, o velho Johnson, capitão do porto, veio em largas passadas ao cais, com uma pasta de couro debaixo do braço.

– Jean vai ficar bem – disse o sr. Scott. – Eu a seguro.

Foi bem na hora. O sr. Hammond tinha se esquecido de Jean. Deu um salto para cumprimentar o velho capitão Johnson.

– Bem, capitão – soou de novo a voz ansiosa e nervosa –, finalmente o senhor teve pena de nós.

– Não adianta colocar a culpa em mim, sr. Hammond – disse arfante o velho capitão Johnson, fitando o cruzeiro. – O senhor está com a sra. Hammond a bordo, não é?

– Sim, sim! – exclamou Hammond e ficou ao lado do capitão do porto. – A sra. Hammond está lá. Oo-lá! Agora não vai demorar!

Com seu transmissor tritrilando, o som de sua hélice preenchendo o ar, a grande embarcação se aproximou deles, cortando as águas escuras com tal precisão que, de ambos os lados, grandes faixas brancas se encurvavam em ondas. Hammond e o capitão do porto ficaram na frente dos demais. Hammond tirou o chapéu; esquadrinhou os conveses – estavam lotados de passageiros; acenou o chapéu e soltou um alto e estranho "Olá!" por sobre a água; então virou-se, pôs-se a rir e disse algo – qualquer coisa – ao velho capitão Johnson.

– Viu ela? – perguntou o capitão do porto.

– Não, ainda não. Calma, espere um pouco!

E de súbito, entre dois grandalhões desajeitados – "Saiam da frente!" –, ele apontou com o guarda-chuva – viu uma mão erguida – uma luva branca agitando um lenço. Outro instante, e – graças a Deus, graças a Deus! – lá estava ela. Lá estava Janey; Lá estava a sra. Hammond, sim, sim, sim – de pé junto à amurada, sorrindo, acenando com a cabeça, agitando o lenço.

– Bem, esta é a primeira classe, primeira classe! Muito bem, muito bom!

Chegava a bater os pés. Como um raio, tirou a charuteira e ofereceu ao velho capitão Johnson.

– Pegue um charuto, capitão! São muito bons. Pegue alguns! Aqui – e empurrou todos os charutos da caixa para o capitão do porto – Tenho algumas caixas no hotel.

– 'Brigado, sr. Hammond! – arfou o velho capitão Johnson.

Hammond guardou a charuteira. As mãos tremiam, mas ele recuperara o controle. Podia encarar Janey; Lá estava ela, debruçada na amurada, falando com alguma mulher e ao mesmo tempo olhando para ele, pronta para ele. Enquanto diminuía a distância, ficou impressionado como ela parecia miúda naquela embarcação enorme. Seu coração se contraiu num tal espasmo que ele seria capaz de soltar um grito. Como parecia miúda, e pensar que havia feito aquela longa viagem sozinha! Típico dela, porém. Típico de Janey. Tinha a coragem de... Agora os tripulantes tinham avançado e afastado os passageiros; tinham abaixado as grades para a prancha de desembarque.

As vozes em terra e as vozes a bordo voavam saudando-se mutuamente.

– Tudo bem?
– Tudo bom.
– Como está a mãe?
– Muito melhor.
– Olá, Jean!
– Oi, tia Emily!
– Foi boa a viagem?
– Ótima!
– Não vai demorar.
– Agora não.

Os motores pararam. A embarcação se pôs lentamente na linha do cais.

– Abram espaço ali, abram espaço, abram espaço!

E os trabalhadores do cais, correndo em conjunto, trouxeram a pesada prancha de desembarque. Hammond fez sinal a Janey para ficar onde estava. O velho capitão do porto avançou; ele foi atrás. Quanto a "primeiro as damas" ou qualquer bobagem dessas, nunca conseguiu engolir.

– Depois do senhor, Capitão! – exclamou alegre. E, seguindo nos calcanhares do velho, ele subiu pela prancha até o convés, direto até Janey, que tomou em seus braços.

– Ora, ora, ora! Sim, sim! Até que enfim aqui estamos! – foi o que conseguiu tartamudear.

E Janey emergiu e sua vozinha serena – a única voz do mundo para ele – disse:

– Ora, querido! Esperou muito tempo?

Não; não muito. Ou, de qualquer forma, não tinha importância. Agora a espera se acabara. Mas a questão era que ele estava com um táxi esperando no final do cais. Estava pronta para ir? A bagagem estava pronta? Nesse caso, podiam ir logo, só com a bagagem de mão, e deixar o resto para amanhã. Inclinou-se sobre ela e ela ergueu os olhos com seu habitual meio sorriso. Continuava igual. A mesma. Como ele sempre a conhecera. Apoiou a mãozinha em seu braço.

– E as crianças, como vão, John? – ela perguntou.

(Deixe as crianças de lado!) – Ótimas. Nunca estiveram melhor.

– Não me escreveram nenhuma carta?

– Escreveram, claro! Deixei no hotel para você ler depois, com calma.

– Não podemos ir rápido assim – disse ela. – Preciso me despedir de algumas pessoas, e tem também o capitão.

Enquanto o rosto dele se abatia, ela apertou de leve seu braço, num pequeno sinal de entendimento:

– Se o capitão descer, quero que você lhe agradeça por ter cuidado tão bem de sua esposa.

Bem, ele entendia. Se ela queria mais dez minutos... Na hora em que se afastou, ela foi imediatamente rodeada. Parecia que toda a primeira classe queria se despedir de Janey.

– Até mais, querida sra. Hammond! Da próxima vez que for a Sydney, espero sua visita.

– Querida sra. Hammond! Não vai se esquecer de me escrever, não?

– Bem, sra. Hammond, o que teria sido esse navio sem a senhora!

Estava claro como cristal que ela era, de longe, a mulher mais festejada a bordo. E tomava tudo aquilo da maneira mais simples. Com toda a naturalidade. Simplesmente ela mesma – simplesmente Janey, da cabeça aos pés; parada ali com seu véu erguido e puxado para trás. Hammond nunca reparava nas roupas da esposa. Para ele, era sempre igual, qualquer coisa que vestisse. Mas hoje ele reparou que ela estava com um "costume" – era assim que se dizia? – um costume preto com babados brancos, supôs que fossem enfeites, na gola e nas mangas. Tudo isso enquanto Janey o apresentava ao redor.

– John, querido! – e então: – Quero apresentá-lo a...

Finalmente escaparam, e ela foi à frente até o camarote. Seguir Janey pelo corredor que ela conhecia tão bem – isso era tão estranho para ele; afastar as cortinas verdes atrás dela, entrar na cabine que fora a dela deu-lhe uma agradável sensação de felicidade. Mas – que raios! – a camareira estava lá no chão, enrolando os tapetes.

– Este é o último, sra. Hammond – disse a camareira, levantando-se e puxando as mangas.

Ele foi apresentado mais uma vez, e então Janey e a camareira sumiram pelo corredor. Ouviu sussurros. Devia estar dando uma gratificação, imaginou ele. Sentou-se no sofá listrado e tirou o chapéu. Ali estavam os tapetes que ela levara consigo; pareciam novos em folha. Toda a sua bagagem parecia nova, perfeita. As etiquetas traziam sua bela caligrafia miúda, "Sra. John Hammond".

"Sra. John Hammond!" Ele deu um profundo suspiro de satisfação e se reclinou, cruzando os braços. A tensão acabara. Sentia como se pudesse ficar sentado ali para sempre, soltando seu suspiro de alívio – alívio de se ver livre daquele aperto, daquela fisgada, daquele repuxão horrível no coração. O perigo terminara. Era esta a sensação. Estavam em terra firme outra vez.

Mas, naquele instante, a cabeça de Jane apareceu no canto da porta.

– Querido, você se importa? Só quero ir me despedir do médico.

Hammond se pôs de pé.

– Vou com você.

– Não, não! – disse ela. – Não se incomode. Prefiro que não. Não vai levar nem um minuto.

E, antes que ele pudesse responder, ela se foi. Quase decidiu ir atrás dela, mas voltou a se sentar.

Não iria mesmo demorar? Que horas eram? Tirou o relógio; olhou sem ver. Estranho da parte de Janey, não era? Por que não disse à camareira para se despedir por ela? Por que tinha de ir atrás do médico do navio? Podia mandar um bilhete do hotel, mesmo que fosse um caso urgente. Urgente? Isso significava – isso podia significar que ela passara mal durante a viagem – estaria escondendo algo dele? Era isso! Pegou o chapéu. Ia encontrar aquele sujeito e lhe arrancar a verdade a qualquer custo. Pensando bem, tinha notado alguma coisa. Ela estava um pouco calma demais – séria demais. Desde o primeiro instante...

As cortinas se abriram. Janey estava de volta. Ele se pôs de pé num salto.

– Janey, você ficou doente na viagem? Ficou!

– Doente? – repetiu em sua vozinha suave.

Passou por cima dos tapetes, aproximou-se, encostou em seu peito e ergueu os olhos para ele.

– Querido – disse –, não me assuste. Claro que não! Por que você pensou nisso? Estou com ar de doente?

Mas Hammond não a via. Apenas sentia que ela o olhava e que não precisava se preocupar com nada. Ela estava ali para cuidar das coisas. Estava certo. Tudo estava certo.

A pressão suave da mão dela era tão tranquilizadora que ele pôs a sua por cima, para retê-la ali. E ela disse:

– Fique parado. Quero olhar para você. Ainda nem o vi direito. Está com a barba muito bem aparada e parece... mais jovem, penso eu, e sem dúvida mais magro! A vida de solteiro lhe cai bem.

– Me cai bem! – ele gemeu de amor e estreitou-a outra vez. E outra vez, como sempre, teve a sensação de segurar algo que não era totalmente seu – seu. Algo delicado demais, precioso demais, que escaparia se ele soltasse.

– Pelo amor de Deus, vamos para o hotel, onde podemos ficar sozinhos! – e tocou com força a sineta para alguém vir cuidar da bagagem.

Percorrendo juntos o cais, ela tomou seu braço. Agora ele a tinha outra vez em seu braço. E a diferença que isso fez ao entrar no táxi depois de Janey – colocar a manta listrada de vermelho e amarelo em torno de ambos – dizer ao motorista para se apressar, pois os dois ainda não tinham tomado o chá. Não ia mais ficar sem seu chá ou se servir sozinho. Ela estava de volta. Ele se virou para ela, apertou-lhe a mão e disse arreliando gentil, na voz "especial" que reservava a ela: "Contente de estar de volta, querida?". Ela sorriu; nem sequer se incomodou em responder, mas afastou gentilmente a mão dele conforme chegavam às ruas mais iluminadas.

– Temos o melhor quarto do hotel – disse ele. – Não aceitaria outro. E pedi à camareira que acendesse a lareira, caso você estivesse com frio. É uma moça simpática e atenciosa. E pensei que, agora que estamos aqui, não precisamos ir para casa amanhã, passeamos durante o dia e vamos depois de amanhã. O que você acha? Não temos pressa, não é? As crianças logo verão você... Pensei que um dia de passeio seria uma boa interrupção em sua viagem, hein, Janey?

– Está com as passagens para depois de amanhã? – ela perguntou.

– Oh, claro! – Ele desabotoou o sobretudo e tirou sua agenda volumosa. – Aqui estão! Reservei uma cabine de primeira classe para Cooktown. Veja: "Sr. e sra. John Hammond". Pensei que podemos nos dar esse luxo e não queremos outras pessoas se intrometendo, não é? Mas, se você quiser ficar mais algum tempo aqui...?

– Oh, não – Janey respondeu depressa. – De forma alguma! Depois de amanhã, então. E as crianças...

Mas tinham chegado ao hotel. O gerente estava na entrada ampla e iluminada. Aproximou-se para recebê-los. Um carregador veio do saguão para pegar as malas.

– Ora, sr. Arnold, eis finalmente a sra. Hammond!

O gerente os conduziu pessoalmente pelo saguão e apertou o botão do elevador. Hammond sabia que alguns colegas de negócios estavam nas mesinhas do saguão, tomando um aperitivo antes do jantar. Mas não ia arriscar nenhuma interrupção; não olhou nem à direita nem à esquerda. Que pensassem o que quisessem. Se não entendessem, tolos eram – e saiu do elevador, abriu a porta do quarto e fez Janey entrar. A porta se fechou. Agora finalmente estavam sozinhos. Ele acendeu a luz. As cortinas estavam fechadas; o fogo ardia. Ele atirou o chapéu na cama enorme e se dirigiu a ela.

Mas – inacreditável! – foram interrompidos outra vez. Agora era o carregador com a bagagem. Fez duas viagens, deixando a porta aberta entre uma e outra, sem se apressar, assobiando pelo corredor. Hammond percorria o quarto a passadas largas, tirando as luvas, tirando a echarpe. Por fim arremessou o sobretudo na beirada da cama.

Finalmente o palerma foi embora. A porta se fechou num estalido. Agora estavam a sós. Disse Hammond:

– Parece que nunca mais teria você para mim. Esses malditos! Janey – e abaixou seu olhar ansioso e incandescente – vamos jantar aqui em cima. Se descermos ao restaurante, seremos interrompidos, além daquela música desgraçada – a música que ele tanto elogiara, tanto aplaudira na noite anterior! – Não conseguiremos ouvir um ao outro. Vamos comer alguma coisa aqui, na frente da lareira. É tarde demais para o chá. Vou encomendar um jantarzinho. O que acha da ideia?

— Ótima, querido! — disse Janey. — E enquanto você desce, as cartas das crianças...

— Oh, mais tarde — disse Hammond.

— Mas então não daria mais — disse Janey. — E antes eu teria tempo de...

— Oh, mas não preciso descer — explicou Hammond. — É só ligar e pedir... você não está me mandando embora, está?

Janey abanou a cabeça e sorriu.

— Mas está pensando em outra coisa. Está preocupada com alguma coisa — disse Hammond. — O que é? Venha, sente aqui, venha e sente no meu colo, na frente da lareira.

— Vou só tirar o chapéu — disse Janey e foi até a penteadeira. — A-ah! — deu um gritinho.

— O que foi?

— Nada, querido. Acabo de ver as cartas das crianças. Tudo bem, elas esperam. Sem pressa! — Virou para ele, com as cartas na mão. Enfiou-as na blusa de babados. Exclamou rápido e alegre — Essa penteadeira é típica de você!

— Por quê? O que tem ela?

— Se ela estivesse voando pelos céus, eu diria "é a do John!" — Janey riu, fitando o frasco grande de tônico capilar, o vidro de água de colônia com vime trançado, as duas escovas de cabelo e uma dúzia de colarinhos novos amarrados com fita cor-de-rosa. — Foram só essas coisas que você trouxe?

– Não implique com minhas coisas! – disse Hammond, mas mesmo assim agradou-lhe que Janey o espicaçasse. – Vamos conversar. Vamos falar das coisas. Me diga – e, quando Janey se encarapitou em seus joelhos, ele se reclinou e ela deslizou em seu colo na poltrona funda e feia – me diga que está realmente contente de ter voltado, Janey.

– Sim, querido, estou contente – disse ela.

Mas, logo que a abraçou, ele sentiu que ela escapava e assim Hammond não podia saber – saber com plena certeza se ela estava tão contente quanto ele. Como poderia saber? Saberia algum dia? Iria sempre sentir essa vontade – essa fisgada como se fosse uma fome em torná-la parte de si a tal ponto que nada dela lhe escapasse? Ele queria apagar tudo, todos. Agora lamentava não ter apagado a luz. Assim ela poderia ter se aproximado. E agora aquelas cartas das crianças farfalhavam em sua blusa. Ele quase sentiu vontade de atirá-las ao fogo.

– Janey – sussurrou.

– Sim, querido? – Ela estava apoiada em seu peito, mas tão leve, tão distante. Ambos respiravam ao mesmo tempo.

– Janey!

– O quê?

– Vire-se para mim – ele sussurrou. Veio-lhe à testa um calor lento e profundo. – Me beije, Janey! Me beije!

Ele teve a impressão de uma brevíssima pausa – mas suficiente para lhe infligir uma tortura – antes que os lábios dela tocassem os seus, leves e firmes –

beijando como ela sempre o beijava, como se o beijo – como podia descrever? – confirmasse o que diziam, selasse o contrato. Mas não era o que ele queria; não era de forma alguma o que desejava. Sentiu um cansaço súbito e extremo.

– Se você soubesse – disse ele, abrindo os olhos – como tem sido... esperar o dia de hoje. Achei que o navio não ia sair do lugar. Lá estávamos nós, esperando. Por que demorou tanto?

Ela não respondeu. Estava olhando o fogo. As chamas se avivaram – se avivaram sobre as brasas, enfraqueceram, caíram.

– Está com sono? – disse Hammond, balançando-a no colo.

– Não – disse ela. E então: – Não faça assim, querido. Não, eu estava pensando. Na verdade – disse ela – um dos passageiros morreu ontem à noite, um homem. Foi isso que nos reteve. Ele veio conosco, isto é, não foi sepultado no mar. Assim, claro, o médico do navio e o médico de terra...

– O que foi? – perguntou Hammond incomodado. Detestava ouvir falar em morte. Detestava que tivesse acontecido aquilo. Era, de alguma maneira estranha, como se ele e Janey tivessem topado com um funeral a caminho do hotel.

– Oh, não foi nada infeccioso! – disse Janey. Falava muito baixinho. – Foi o coração.

Uma pausa.

– Pobre rapaz! – disse ela. – Muito jovem. – E fitou o fogo enfraquecendo e caindo. – Morreu nos meus braços – disse Janey.

O golpe foi tão súbito que Hammond pensou que ia desmaiar. Não conseguia se mexer; não conseguia respirar. Sentiu toda a sua força se esvair – se esvair na poltrona grande e escura, e a poltrona grande e escura o segurava, retinha-o com firmeza, obrigava-o a enfrentar aquilo.

– O quê? – disse em tom apático. – O que você está dizendo?

– O fim foi muito sereno – disse a vozinha. – Ele apenas – e Hammond a viu erguer a mão suave – soltou um suspiro e expirou. – E sua mão caiu.

– Quem... mais estava lá? – Hammond conseguiu perguntar.

– Ninguém. Eu estava sozinha com ele.

Oh, meu Deus, o que ela estava dizendo? O que estava fazendo com ele? Isso ia matá-lo! E enquanto isso ela falava:

– Vi a hora em que ele começou a mudar e mandei o camareiro de bordo ir chamar o médico, mas, quando ele chegou, era tarde demais. Não poderia ter feito nada, de qualquer forma.

– Mas... por que você, por que você? – gemeu Hammond.

A isso Janey se virou depressa, depressa examinou o rosto dele.

– Você não se importa, não é John? – perguntou. – Você não... Não tem nada a ver com você e comigo.

De uma ou outra maneira ele conseguiu esboçar uma espécie de sorriso a ela. De uma ou outra maneira ele tartamudeou:

– Não... continue... continue. Quero que você me conte.

– Mas, John querido...
– Conte, Janey!
– Não há nada para contar – disse ela pensativa. – Ele era um dos passageiros da primeira classe. Vi na hora em que embarcou que estava muito doente... Mas até ontem parecia estar muito melhor. Teve um ataque grave à tarde... agitação... nervosismo, creio, com a chegada. E depois disso não se recuperou mais.

– Mas por que a camareira...

– Oh, meu querido... a camareira! – disse Janey. – Como ele iria se sentir? E além disso... podia querer deixar uma mensagem... para...

– Deixou? – murmurou Hammond. – Disse alguma coisa?

– Não, querido, nenhuma palavra! – Abanou suavemente a cabeça. – O tempo todo que estive com ele, estava fraco demais... fraco demais até para mover um dedo...

Jane se calou. Mas suas palavras, tão leves, tão suaves, tão frias, pareciam pairar no ar, tombar como neve no peito dele.

O fogo estava rubro. Agora caía num silvo agudo, e o quarto tinha esfriado. O frio subiu pelos braços dele. O quarto era enorme, imenso, tremeluzente. Enchia todo o seu mundo. Havia a grande cama escura, com seu casaco ali atravessado, como se fosse um homem sem cabeça rezando suas orações. Havia a bagagem, pronta para ser carregada outra vez, para algum lugar, atirada dentro de algum trem, transportada para algum barco.

... "Estava fraco demais. Estava fraco demais para mover um dedo." E no entanto morreu nos braços de

Janey. Ela... que nunca... nunca, nenhuma vez em todos esses anos... nunca, em nenhuma única ocasião...

Não; não devia pensar naquilo. Loucura pensar naquilo. Não, não iria encarar. Não podia suportar. Era demais para aguentar!

E então Janey encostou os dedos em sua gravata. Puxou as duas pontas da gravata.

– Você não se... aborrece por eu ter contado, John querido? Não ficou triste? Não estragou nossa noite... estarmos nós dois a sós?

Mas a isso ele teve de esconder o rosto. Afundou o rosto em seu regaço e envolveu-a nos braços.

Estragar a noite deles! Estragar estarem os dois a sós! Nunca mais estariam os dois a sós!

A festa ao ar livre

E no fim o tempo estava ideal. Nem por encomenda teriam um dia mais perfeito do que aquele para uma festa ao ar livre. Calmo, quente, nenhuma nuvem no céu. Só o azul estava velado por uma leve névoa dourada, como acontece às vezes no começo do verão. O jardineiro esteve lá desde o amanhecer, aparando e rastelando os gramados, até deixar rebrilhando a grama e as rosetas escuras dos canteiros onde antes ficavam as margaridas. Quanto às rosas, tinha-se a impressão inevitável de que sabiam que eram as únicas flores que chamam a atenção numa festa ao ar livre, as únicas flores que todos têm certeza de conhecer. Centenas, sim, literalmente centenas delas haviam florido na mesma noite; a folhagem verde se curvava como se recebesse a visita de anjos.

Ainda não haviam terminado o desjejum quando chegaram os homens para montar o toldo.

– Mãe, onde você quer que ponham o toldo?

– Minha querida, não adianta me perguntar. Este ano resolvi deixar tudo por conta de vocês, meninas. Esqueçam que sou a mãe. Tratem-me como uma convidada de honra.

Mas Meg não podia ir supervisionar os homens. Lavara o cabelo antes do desjejum, e agora estava tomando café com uma toalha verde enrolada na cabeça em turbante, dois cachos escuros molhados se imprimindo cada um num lado do rosto. Jose, a borboleta, sempre descia com uma camisola de seda e um penhoar por cima.

– Vai ter de ser você, Laura; é você a artista.

Laura saiu chispando, ainda segurando sua fatia de pão com manteiga. Que delícia ter um pretexto para comer ao ar livre e, além disso, adorava organizar coisas; sempre achava que podia fazer muito melhor do que os outros.

Quatro homens em mangas de camisa estavam parados em grupo na trilha do jardim. Traziam estacas enroladas em lona e, ao ombro, umas sacolonas cheias de ferramentas. A aparência deles era de impressionar. Agora Laura gostaria de não estar com aquela fatia de pão com manteiga na mão, mas não tinha onde pôr e não podia jogar fora. Corou e tentou assumir um ar muito sério e até um pouco míope ao se aproximar deles.

– Bom dia – disse imitando a voz da mãe. Mas o tom saiu tão afetado e horrível que ela sentiu vergonha e gaguejou feito uma garotinha. – Oh... er... vocês vieram... é sobre o toldo?

– Isso mesmo, senhorita – disse o mais alto, um magricela sardento, e trocou a sacola de lado, empurrou o chapéu de palha para trás e, abaixando o rosto, sorriu para ela. – É sobre ele.

O rapaz tinha um sorriso tão cordial, tão simpático, que Laura se recompôs. Que olhos bonitos os dele, miúdos, mas de um azul tão intenso! E então ela olhou os outros, que também estavam sorrindo. "Ânimo, a gente não morde", parecia dizer o sorriso. Que peões tão gentis! E que manhã tão linda! Não devia mencionar a manhã; devia parecer profissional. O toldo.

– Bom, que tal ali na clareira dos lírios? Serve?

E ela apontou para a clareira dos lírios com a mão que não estava com a fatia de pão. Eles se viraram, olharam para aquele lado. Um baixinho gorducho espichou o lábio inferior e o sujeito alto franziu a testa.

– Acho que não – disse ele. – Não aparece muito. Veja, uma coisa que nem um toldo – e se virou para Laura com seu jeito descontraído – você vai querer pôr num lugar onde ele te dê um baita soco no olho, entende?

Com a criação que tinha, Laura ficou em dúvida se um peão vir lhe falar de um baita soco no olho não seria falta de respeito. Mas entendeu muito bem.

– Um canto do gramado – sugeriu então. – Mas a orquestra vai ficar num dos cantos.

– Hmm, então vai ter orquestra? – perguntou outro dos trabalhadores. Era branquelo. Tinha um ar intratável enquanto os olhos escuros inspecionavam o gramado. O que estaria pensando?

– Só uma orquestrinha pequena – disse Laura baixinho. Talvez ele não se importasse muito se a orquestra fosse bem pequena. Mas o sujeito alto a interrompeu.

– Olhe, senhorita, o lugar é aquele ali. Na frente daquelas árvores. Lá adiante. Lá vai ficar bom.

Na frente dos loureiros nativos. Mas aí os loureiros nativos é que ficariam escondidos. E eles eram tão bonitos, com as folhas largas e reluzentes, as pencas de frutos amarelos. Era o tipo de árvore que a gente imaginaria numa ilha deserta, crescendo orgulhosa, solitária, erguendo suas folhas e frutas ao sol numa espécie de esplendor silencioso. Iam ficar escondidos atrás de um toldo?

Iam. Os homens já tinham posto as estacas no ombro e estavam indo para lá. Só ficou o grandão. Ele se abaixou, beliscou uma folhinha de alfazema e levou o polegar e o indicador ao nariz para sentir o cheiro. Vendo aquele gesto, Laura esqueceu totalmente os loureiros nativos, surpresa em vê-lo se interessar por coisas assim – se interessar pelo cheiro da alfazema. Quantos homens ela conhecia que fariam uma coisa dessas? Puxa, como aqueles operários eram incrivelmente gentis, pensou ela. Por que não podia ser amiga deles, em vez daqueles rapazolas bobos com quem dançava e que vinham jantar aos domingos? Ela se daria muito melhor com homens assim.

É, concluiu ela enquanto o sujeito alto desenhava alguma coisa no verso de um envelope, alguma coisa que devia ficar amarrada ou pendurada, é tudo culpa dessas absurdas distinções de classe. Bom, de sua parte, ela não sentia essas coisas. Nem um pouco, nem um pingo... E aí veio o tum-tum dos batedores de madeira. Alguém assobiou, alguém chamou: "'Cê taí, meu chapa?". "Meu chapa!" A camaradagem disso, a..., a... Só para mostrar como estava contente, só para provar ao sujeito alto como se sentia à vontade e desprezava convenções idiotas, Laura tascou uma enorme dentada no pão com manteiga enquanto olhava o desenhinho. Sentia-se uma autêntica trabalhadora.

– Laura, Laura, onde você está? Telefone, Laura! – gritou alguém da casa.

– Já vou!

Afastou-se ligeira, cruzou o gramado, subiu pela trilha, galgou os degraus, atravessou a varanda, entrou no vestíbulo. No saguão, o pai e Laurie estavam escovando os chapéus prontos para ir para o escritório.

– Laura – disse Laurie apressado –, você podia dar uma espiada no meu casaco antes da tarde? Veja se precisa passar.

– Vejo sim – disse ela. De repente, não conseguiu se conter. Correu até Laurie e lhe deu um abraço rápido e apertado. – Adoro festas, você não? – disse ofegando.

– Muuui-to – respondeu a voz afetuosa e jovial de Laurie, e também apertou a irmã e deu um leve empurrãozinho. – Vá correndo atender o telefone, mocinha.

O telefone.

– Ah, é mesmo. Kitty? Bom dia, querida. Vem almoçar? Venha, querida. Um prazer, claro. Vai ser muito simples; só as cascas de sanduíche, os suspiros quebrados e o que tiver sobrado. É, que manhã linda! O branco? Isso, isso mesmo. Um minutinho, fique na linha. A mãe está chamando. – E Laura se virou. – O quê, mãe? Não estou ouvindo.

A voz da sra. Sheridan desceu flutuando pelas escadas:

– Diga para ela usar aquela graça de chapéu que usou no domingo passado.

– A mãe está dizendo para você usar aquela graça de chapéu que usou no domingo passado. Certo. À uma. Tchauzinho.

Laura desligou o telefone, levantou os braços, inspirou fundo, estendeu-os e depois soltou.

– Huum – suspirou e então se endireitou.

Ficou parada, ouvindo. Todas as portas pareciam estar abertas. A casa ressoava com passos ligeiros e vozes incessantes. A porta de mola revestida de feltro verde que levava à cozinha batia de cá para lá com um ruído abafado. E então veio um longo som arrastado muito esquisito. Era o piano pesado que estavam empurrando com suas rodinhas emperradas. Mas o ar! Se a gente parasse para sentir, o ar era sempre assim? Leves lufadinhas brincavam de pega-pega, entrando pelo alto das janelas, saindo pelas portas. E havia duas manchinhas minúsculas de sol, uma no tinteiro, outra na moldura de prata de um porta-retrato, brincando também. Que manchinhas mais bonitas. Principalmente a da tampa do tinteiro. Era um encanto. Um encanto de estrelinha prateada. Era capaz de lhe dar um beijo.

A campainha da porta da frente tocou, e então o farfalhar da saia estampada de Sadie ressoou na escada. Uma voz masculina murmurou; Sadie respondeu, indiferente:

– Não sei mesmo. Espera. Vou perguntar pra dona Sheridan.

– O que é, Sadie? – Laura foi até o vestíbulo.

– É da floricultura, srta. Laura.

Era, de fato. Ali, logo passando a porta, estava uma caixa rasa e larga cheia de vasos com canas-da-índia rosadas. Nenhum outro tipo. Só elas – canas-da-índia, com grandes flores cor-de-rosa, bem abertas, radiantes, quase assustadoramente vivas nos caules vermelhos brilhantes.

– O-oh, Sadie! – disse Laura, num tom que parecia um leve gemido. Ela se agachou como se quisesse se aquecer àquele fulgor das flores; sentia as flores nos dedos, nos lábios, crescendo no peito.

– É algum engano – disse em voz débil. – Ninguém encomendou tantas. Sadie, vá procurar mamãe.

Mas naquele momento a sra. Sheridan chegou.

– Está totalmente certo – disse com calma. – Fui eu que encomendei. Não são lindas? – Pressionou o braço de Laura. – Ontem eu estava passando pela loja e vi na vitrine. E de repente pensei que uma vez na vida eu devia ter bastante cana-da-índia. A festa vai ser uma boa desculpa.

– Mas achei que você tinha dito que não ia interferir – disse Laura.

Sadie já tinha ido. O homem da floricultura ainda esperava no furgão. Ela rodeou o pescoço da mãe com o braço e mordiscou sua orelha de leve, bem de levinho.

– Minha querida menina, você não ia gostar de uma mãe muito lógica, ia? Pare com isso. O homem está aqui.

Ele trouxe ainda mais cana-da-índia, mais uma caixa inteira.

– Coloque ali, logo passando a porta, dos dois lados da entrada, por favor – disse a sra. Sheridan. – Você não concorda, Laura?

– Ah, sim, mãe.

Na sala de visitas, Meg, Jose e o bom Hans finalmente tinham conseguido mudar o piano de lugar.

– E agora, se encostarmos este sofá na parede e tirarmos tudo da sala, menos as cadeiras, o que vocês acham?

– Ótimo.

– Hans, leve essas mesas para a sala de fumar e traga uma vassoura para tirar essas marcas do tapete e – um minutinho, Hans... – Jose adorava dar ordens aos empregados, e eles adoravam obedecê-las. Com ela, sentiam-se participando de alguma peça de teatro. – Diga à mãe e à srta. Laura para virem já aqui.

– Imediatamente, srta. Jose.

Ela se virou para Meg.

– Quero ouvir como está o piano, caso me peçam para cantar à tarde. Vamos experimentar "Que vida tão triste".

Pam! Ta-ta-ta ti-ta! O piano explodiu tão apaixonadamente que o rosto de Jose mudou. Ela apertou as mãos. Olhou com ar soturno e enigmático para a mãe e Laura, que vinham entrando.

Que vida tão triiis-te
Uma lágrima – um suspiro.
Um amor que muuu-da,
Que vida tão triiis-te
Uma lágrima – um suspiro
Um amor que muu-da,
E então... adeus!

Mas na palavra "adeus", e embora o piano soasse mais desesperado do que nunca, seu rosto se abriu num sorriso fulgurante, que destoava totalmente.

– Não é boa a minha voz, mamãe? – perguntou radiante.

Que vida tão triiis-te,
Morre a Esperança.
Finda ooo Sooo-nho.

Mas então Sadie interrompeu.

– O que é, Sadie?

– Por favor, sinhora, a cuca tá perguntando se a sinhora está com os marcadores dos sanduíches.

– Os marcadores dos sanduíches, Sadie? – repetiu a sra. Sheridan em tom sonhador. E as filhas notaram pelo seu rosto que ela não estava com eles. – Deixe-me ver.

E disse a Sadie em tom firme:

– Diga à cozinheira que vão chegar em dez minutos.

Sadie saiu.

– Agora, Laura – disse a mãe depressa –, venha comigo até a sala de fumar. Estou com os nomes em algum lugar no verso de um envelope. Você vai escrever para mim. Meg, suba já e tire essa coisa molhada da cabeça. Jose, vá correndo acabar de se vestir, imediatamente. Vocês estão me ouvindo, meninas, ou vou ter de contar para o pai de vocês quando ele chegar no final da tarde? E... e, Jose, acalme a cozinheira se você for até a cozinha, entendeu? Estou apavorada com ela hoje.

Finalmente encontraram o envelope atrás do relógio da sala de jantar, embora a sra. Sheridan não fizesse ideia de como ele tinha ido parar lá.

– Uma de vocês deve ter roubado da minha bolsa, porque lembro com toda a clareza – *cream cheese* e creme de limão. Anotou?

– Anotei.

– Ovo e... – a sra. Sheridan afastou o envelope. – Parece acetona. Não pode ser acetona, pode?

– Azeitona, querida – disse Laura, olhando por cima do seu ombro.

– Ah, sim, claro, azeitona. Que combinação horrível parece isso. Ovo e azeitona.

Finalmente terminaram, e Laura levou os nomes para a cozinha. Encontrou Jose acalmando a cozinheira, a qual não parecia nada apavorante.

– Nunca vi sanduíches tão requintados – disse a voz extasiada de Jose. – Quantos tipos você disse que eram, cuca? Quinze?

– Quinze, srta. Jose.

– Nossa, cuca, meus parabéns.

A cozinheira juntou as cascas com a faca comprida de pão e abriu um largo sorriso.

– A Godber's chegou – anunciou Sadie, saindo da despensa. Tinha visto o homem passar pela janela.

Isso significava que as bombinhas de creme tinham chegado. A Godber's era famosa por suas bombinhas de creme. Nunca ninguém cogitava fazê-las em casa.

– Traz elas aqui e ponha na mesa, minha menina – ordenou a cozinheira.

Sadie trouxe e voltou até a porta. Claro que Laura e Jose eram crescidas demais para se importar de verdade com essas coisas. Mesmo assim, não deixaram de concordar que as bombinhas pareciam muito atraentes. Muito. A cozinheira começou a arrumá-las, sacudindo para tirar o excesso do açúcar de confeiteiro.

– Parece que estamos num sonho, voltando às nossas festas de antes, não acha? – perguntou Laura.

– É, imagino que sim – disse Jose, que era muito pragmática e não gostava de sonhar. – Parecem mesmo uma maravilha de tão leves e fofinhas.

– Peguem uma para cada, minhas queridas – disse a cozinheira com sua voz reconfortante. – A mãe de vocês não vai saber.

Oh, impossível. Belas bombinhas de creme logo depois do desjejum. A simples ideia dava arrepios. Apesar disso, dois minutos depois Jose e Laura lambiam os dedos com aquele olhar introspectivo e absorto que apenas um chantilly é capaz de provocar.

– Vamos sair por trás, até o jardim – sugeriu Laura. – Quero ver como vão os homens com o toldo. São imensamente simpáticos.

Mas a porta de trás estava bloqueada pela cozinheira, Sadie, o homem da Godber's e Hans.

Tinha acontecido alguma coisa.

– Tsc, tsc, tsc – fazia a cozinheira como uma galinha agitada. Sadie espalmava a mão na bochecha como se estivesse com dor de dente. Hans parecia aturdido, fazendo esforço para entender. Somente o homem da Godber's parecia se divertir; a história era dele.

– O que foi? O que aconteceu?

– Um acidente horrível – disse a cozinheira. – Um homem morreu.

– Um homem morreu?! Onde? Como? Quando?

Mas o homem da Godber's não ia deixar que roubassem a história dele debaixo do seu nariz.

– Sabe aquelas casinhas logo ali embaixo, senhorita?

Se sabia? Claro que sabia.

– Bom, tem um rapaz que mora lá, chamado Scott, um carroceiro. O cavalo dele trombou com uma máquina de tração na esquina da Hawke Street, hoje de manhã, jogou ele pra fora, que deu de cabeça no chão. Morreu.

– Morreu! – Laura encarou o homem da Godber's.

– Estava morto quando o levantaram – disse o homem da Godber's com satisfação. – Estavam trazendo o corpo pra casa quando eu vinha vindo.

E disse à cozinheira:

– Deixou mulher e cinco filhos.

– Jose, venha cá.

Laura pegou a irmã pela manga e a arrastou pela cozinha até o outro lado da porta afeltroada. Então parou e se apoiou nela.

– Jose – disse horrorizada –, seja como for, vamos parar com tudo?

– Parar com tudo, Laura! – exclamou Jose atônita. – O que você quer dizer?

– Parar a festa, claro. – Por que Jose se fazia de desentendida?

Mas Jose ficou ainda mais assombrada.

– Parar a festa? Minha querida Laura, não seja absurda. Claro que não podemos fazer nada do gênero. Ninguém espera que a gente faça isso. Não seja tão exagerada.

– Mas não podemos dar uma festa no jardim com um morto logo ali do outro lado do portão.

Isso sim era um exagero, pois as casinhas ficavam numa viela separada lá embaixo, no final da ladeira íngreme que saía da casa. Havia uma estrada larga no meio. Mas na verdade ficavam até perto demais. Era a coisa mais feia de se ver, sem nenhum direito de estar ali naquela vizinhança. Eram casebres pobres pintados de marrom-chocolate. No quintalzinho só havia uns pés de couve, umas galinhas raquíticas e uns pés de tomate plantados em latas. Até a fumaça que saía das chaminés era carregada de pobreza. Uns fiapos e retalhos de fumaça, tão diferentes das grandes plumas prateadas que se desenrolavam das chaminés dos Sheridan. Na viela moravam lavadeiras, limpadores de chaminé, um remendão e um homem que tinha na frente de casa uma parede forrada de gaiolas de passarinhos. Ali enxameava de crianças. Quando pequenos, os Sheridan eram proibidos de pôr o pé lá por causa da linguagem revoltante e do que poderiam pegar. Mas, depois que cresceram, às vezes Laura e Laurie passavam por lá em suas andanças. Era sórdido e asqueroso. Saíam com um arrepio. Mas mesmo assim é preciso andar por toda parte; é preciso ver de tudo. Então passavam por lá.

– E pense só como vai soar a orquestra para aquela pobre mulher – disse Laura.

– Oh, Laura! – Jose começava a ficar seriamente irritada. – Se você for interromper uma orquestra a cada vez que alguém tem um acidente, vai levar uma vida bem difícil. Lamento tanto quanto você. Sinto a mesma dó.

Seu olhar se endureceu. Fitou a irmã como costumava fitá-la quando eram pequenas e brigavam. Disse em voz branda:

– Você não vai ressuscitar um operário bêbado sendo sentimental.

Laura se voltou furiosa para Jose:

– Bêbado! Quem disse que ele estava bêbado? – E falou, como antigamente costumavam falar naquelas ocasiões. – Vou já contar para a mãe.

– Vá, querida – arrulhou Jose.

– Mãe, posso entrar no seu quarto? – Laura girou a grande maçaneta de vidro.

– Claro, filha. Ora, o que foi? Por que você está dessa cor? – e a sra. Sheridan se virou da penteadeira. Estava experimentando um chapéu novo.

– Mãe, um homem morreu – começou Laura.

– No jardim? – interrompeu a mãe.

– Não, não!

– Ah, que susto você me deu! – a sra. Sheridan soltou um suspiro de alívio, tirou o chapelão e pousou no colo.

– Mas ouça, mãe – disse Laura. Sem fôlego, quase sufocando, ela contou a terrível história. – Claro, não podemos dar a festa, não é? – rogou ela. – A orquestra e todo mundo chegando. Eles vão ouvir; são praticamente vizinhos!

Para a perplexidade de Laura, sua mãe reagiu exatamente como Jose; foi mais duro de engolir porque até parecia achar graça. Recusava-se a levar Laura a sério.

– Mas, minha querida menina, seja sensata. Foi por simples acaso que ficamos sabendo. Se alguém de lá tivesse morrido de morte natural – e não entendo como conseguem viver naqueles buracos apertados –, faríamos nossa festa, não é mesmo?

Laura teve de concordar, mas sentia que estava tudo errado. Sentou-se no sofá da mãe e apertou o babado da almofada.

– Mãe, não é uma falta de piedade horrível da nossa parte? – perguntou.

– Querida!

A sra. Sheridan se levantou e se aproximou dela, levando junto o chapéu. Antes que Laura pudesse detê-la, pôs o chapéu na cabeça da filha e disse:

– Minha menina, o chapéu é seu! Fica perfeito em você. Para mim é jovial demais. Você está parecendo uma pintura. Veja! – e ergueu o espelho de mão.

– Mas, mãe – retomou Laura. Não conseguiu se olhar; virou de lado.

Desta vez a sra. Sheridan perdeu a paciência exatamente como Jose tinha feito.

– Você está sendo muito absurda, Laura – disse com frieza. – Gente como aquela não espera sacrifícios da nossa parte. E não é muito simpático ser desmancha-prazeres, como você está sendo agora.

– Não entendo – disse Laura, e saiu rápido dali para seu quarto. Lá, por mero acaso, a primeira coisa que viu foi uma bela mocinha no espelho, com o chapéu preto guarnecido de margaridas douradas e uma longa fita de veludo preto. Nunca tinha imaginado que podia ficar assim. Mamãe terá razão?, pensou ela. E agora esperava que a mãe tivesse razão. Estarei exagerando? Talvez fosse exagero. Por um breve instante, ela vislumbrou de novo aquela pobre mulher e aquelas criancinhas, e o corpo sendo transportado para dentro de casa. Mas tudo parecia borrado, irreal, como uma foto no jornal. Vou pensar nisso mais tarde, depois que a festa acabar, decidiu ela. E de alguma maneira parecia mesmo ser o melhor plano...

O almoço terminou por volta da uma e meia. Às duas e meia todos estavam prontos para a programação. A orquestra vestida de verde tinha chegado e fora colocada numa ponta do gramado.

– Minha querida! – gorjeou Kitty Maitland. – Não parecem rãs? Deviam ficar em volta do lago, com o maestro no meio, em cima de uma folha.

Laurie chegou, cumprimentou a todos e foi trocar de roupa. Ao vê-lo, Laura se lembrou do acidente. Queria lhe contar. Se Laurie concordasse com os outros, então inevitavelmente estaria tudo certo. E ela foi atrás dele no saguão.

– Laurie!

– Olá!

Ele estava no meio da escada, mas, quando se virou e viu Laura, logo soltou um assobio e esbugalhou os olhos.

– Ora essa, Laura! Você está estonteante! – disse Laurie. – Que chapéu absolutamente esplêndido!

Laura murmurou "É mesmo?", sorriu para Laurie e acabou não contando.

Logo depois as pessoas começaram a chegar aos magotes. A orquestra deu início; os garçons contratados corriam da casa para o toldo. Para onde se olhasse, havia casais passeando, curvando-se sobre as flores, cumprimentando, continuando a andar pelo gramado. Eram como aves de plumagem brilhante que haviam pousado no jardim dos Sheridan apenas por aquela tarde, rumo a – onde? Ah, que alegria estar com gente feliz, apertar mão na mão, encostar face na face, sorrir olhos nos olhos.

– Querida Laura, como você está bem!

– Que chapéu lindo, menina!

– Laura, você parece uma espanhola. Nunca te vi tão bonita.

E Laura, afogueada, respondia gentilmente:

– Já se serviu de chá? Não quer um sorvete? O sorvete de maracujá está uma delícia.

Ela correu até o pai e pediu:

– Papai querido, os músicos não podem tomar alguma coisa?

E a tarde perfeita aos poucos amadureceu, aos poucos fanesceu, aos poucos suas pétalas se fecharam.

"Nunca estive numa festa tão agradável…", "O maior sucesso…", "Realmente a mais..."

Laura ajudou a mãe nas despedidas. Ficaram lado a lado na entrada, até que tudo terminou.

– Terminou, terminou, graças a Deus – disse a sra. Sheridan. – Vá chamar os outros, Laura. Vamos tomar um café fresco. Estou exausta. Sim, foi um grande sucesso. Mas, oh, essas festas, essas festas! Por que vocês, meninas, insistem em dar festas?!

E todos se sentaram sob o toldo vazio.

– Pegue um sanduíche, papai querido. Fui eu que escrevi o marcador.

– Obrigado.

O sr. Sheridan deu uma mordida e o sanduíche sumiu. Pegou outro.

– Imagino que vocês não ficaram sabendo de um acidente brutal que aconteceu hoje, não? – perguntou ele.

– Meu querido – disse a sra. Sheridan erguendo a mão –, ficamos. Quase estragou a festa. Laura insistia para que cancelássemos.

– Oh, mãe! – Laura não queria que implicassem com ela por causa daquilo.

– Foi um caso horrível, de toda maneira – disse o sr. Sheridan. – O camarada era casado também. Morava lá embaixo na viela, e deixou mulher e meia dúzia de pirralhos, é o que dizem.

Caiu um leve silêncio constrangido. A sra. Sheridan remexia sua xícara. Realmente, era muita falta de tato do pai...

De repente ela ergueu os olhos. Lá em cima da mesa estavam todos aqueles sanduíches, bolos, bombinhas, todos inteiros, no maior desperdício. Ela teve uma de suas ideias brilhantes.

– Já sei – disse. – Vamos montar uma cesta. Vamos mandar um pouco dessa comida que está perfeita para aquela pobre criatura. De qualquer forma, vai ser uma festança para as crianças. Vocês não concordam? E decerto ela está recebendo visita dos vizinhos e coisas assim. Vai ser bom já ter tudo pronto. Laura!

Ela se pôs de pé num salto.

–Vá me buscar a cesta grande no armário da escada.

– Mas, mãe, você acha mesmo que é uma boa ideia? – perguntou Laura.

E de novo, que coisa curiosa, ela parecia diferente de todos eles. Levar restos da festa. A pobre mulher ia mesmo gostar daquilo?

– Claro! O que há com você hoje? Uma ou duas horas atrás, estava insistindo para termos compaixão, e agora...

Oh, que seja! Laura foi buscar a cesta. A mãe encheu, abarrotou a cesta até em cima.

– Leve você mesma, querida – disse ela. – Corra até lá do jeito que você está. Não, espere, pegue também os copos-de-leite. Aquele tipo de gente se impressiona muito com copos-de-leite.

– Os talos vão estragar o vestido de rendas dela – disse Jose, sempre pragmática.

Estragariam mesmo. Bem lembrado.

– Só a cesta, então. E... Laura! – A mãe saiu com ela do toldo. – Em hipótese alguma...

– O quê, mãe?

Não, melhor não pôr essas ideias na cabeça da menina!

– Nada. Vá correndo.

Na hora em que Laura fechou os portões do jardim, começava a escurecer. Um cachorro grande corria ao lado como uma sombra. Adiante a estrada cintilava branca, e lá embaixo no vale as casinhas estavam mergulhadas na sombra. Como tudo parecia quieto depois da tarde. Aqui estava ela, descendo a colina até algum lugar onde jazia um morto, e não conseguia se compenetrar disso. Por que não conseguia? Parou um minuto. E teve a impressão de que os beijos, as vozes, o tilintar das colheres, os risos, o cheiro da grama pisada estavam de alguma forma dentro de si. Não havia espaço para mais nada. Que estranho! Olhou o céu pálido e a única coisa em que pensou foi: "Sim, a festa foi o maior sucesso".

Agora já tinha atravessado a estrada larga. Começava a viela, enfumaçada e escura. Mulheres de xales e bonés de tweed masculinos se apressavam. Homens se debruçavam sobre as cercas; as crianças brincavam no vão das portas. Dos casebres vinha um zunido surdo. Em alguns deles havia um lampejo de luz e uma sombra se movia pela janela, parecendo um caranguejo. Laura abaixou a cabeça e apertou o passo. Agora queria ter posto um casaco. Como seu vestido reluzia! E o chapelão com a fita de veludo – se ao menos fosse outro chapéu! As pessoas estariam olhando? Deviam estar. Foi um erro ter vindo; o tempo todo, ela sabia que era um erro. Devia voltar atrás, mesmo agora?

Não, tarde demais. Era esta a casa. Devia ser. Do lado de fora havia um aglomerado sombrio de gente. Ao lado do portão, uma velha muito velha com uma muleta observava tudo, sentada numa cadeira. Tinha um jornal sob os pés. As vozes cessaram quando Laura se aproximou. O grupo se abriu. Era como se a esperassem, como se soubessem que ela viria.

Laura sentiu um nervosismo enorme. Afastando a fita de veludo para trás, perguntou a uma mulher ali parada:

– É aqui a casa da sra. Scott?

A mulher, dando um sorriso esquisito, respondeu:

– É sim, minha mocinha.

Oh, se pudesse estar longe dali! E de fato, enquanto subia o caminho minúsculo da entrada e batia à porta, murmurou "Deus me ajude". Estar longe daqueles olhos pousados nela ou estar coberta com qualquer coisa, nem que fosse o xale de alguma daquelas mulheres. Só deixo a cesta e vou embora, decidiu ela. Nem vou esperar que a esvaziem.

Então a porta se abriu. Uma mulherzinha de preto apareceu no escuro.

Laura disse:

– É a sra. Scott?

Mas, para seu horror, a mulher respondeu:

– Entre, fais favor, senhorita – e ela se viu fechada no corredor.

– Não – disse Laura. – Não quero entrar. Só quero deixar esta cesta. A mãe enviou...

A mulherzinha no corredor escuro parecia não ouvir.

– Por aqui, fais favor, senhorita – disse numa voz untuosa, e Laura a seguiu.

Encontrou-se numa pequena cozinha miserável de teto baixo, iluminada por uma lamparina fumarenta. À frente do fogo havia uma mulher sentada.

– Em – disse a criaturinha que a fizera entrar. – Em! É uma senhorita.

Ela se virou para Laura. Falou em tom de explicação:

– Sou a ermã dela, senhorita. Vai disculpar ela, não vai?

– Oh, mas claro! – disse Laura. – Por favor, por favor, não a incomode. Eu... eu só quero deixar...

Mas neste momento a mulher ao fogo se virou. Seu rosto, tumefato, vermelho, com olhos inchados, boca inchada, tinha uma aparência assustadora. Era como se não conseguisse entender o que Laura estava fazendo ali. O que significava? Por que aquela estranha estava na cozinha com uma cesta? O que era aquilo tudo? E o pobre rosto se contraiu outra vez.

– Tá certo, minha querida – disse a outra. – Deixa que eu agradeço a senhorita.

E retomou:

– A senhorita vai disculpar ela, tenho certeza – e seu rosto, também inchado, esboçou um sorriso untuoso.

Laura só queria sair, ir embora. Voltou ao corredor. A porta se abriu. Deu diretamente no quarto onde estava o morto.

– Quer dar uma olhada nele, né? – disse a irmã de Em, e roçou por ela avançando até a cama. – Não tenha medo, minha mocinha – e agora sua voz soava carinhosa e furtiva, e carinhosamente puxou o lençol. – Ele parece uma pintura. Não ficou marca nenhuma. Venha, minha querida.

Laura foi.

Ali jazia um jovem, totalmente adormecido – dormindo um sono tão profundo, tão completo, que estava longe, muito longe das duas. Oh, tão distante, tão pacífico. Estava sonhando. Não o despertem nunca mais. A cabeça estava afundada no travesseiro, os olhos fechados; estavam cegos sob as pálpebras fechadas. Estava entregue ao seu sonho. O que lhe importavam festas ao ar livre, cestas, vestidos de renda? Estava longe de tudo aquilo. Era belo, maravilhoso. Enquanto riam, enquanto a orquestra tocava, esta maravilha tinha chegado à viela. Feliz... feliz... Está tudo bem, dizia aquele rosto adormecido. É exatamente como devia ser. Estou contente.

Mas mesmo assim sentiu vontade de chorar, e não conseguiria sair do quarto sem dizer alguma coisa a ele. Laura soltou um sonoro soluço infantil.

– Perdoe meu chapéu – disse ela.

E desta vez não esperou pela irmã de Em. Encontrou a saída, cruzou a porta, desceu o caminho, passou por todas aquelas pessoas sombrias. Na esquina da viela encontrou Laurie.

Ele avançou, saindo da sombra.

– É você, Laura?

– Sou eu.

– Mamãe estava ficando aflita. Foi tudo bem?

– Sim, tudo bem. Oh, Laurie! – tomou-o pelo braço, achegou-se a ele.

– Ora, ora, você não está chorando, está? – perguntou o irmão.

Laura abanou a cabeça. Estava.

Laurie lhe rodeou o ombro com o braço.

– Não chore – disse em sua voz cálida e afetuosa. – Foi muito ruim?

– Não – soluçou Laura. – Foi simplesmente maravilhoso. Mas, Laurie... – parou, olhou para o irmão. – A vida não é... – gaguejou – a vida não é...?

Mas o que era a vida ela não conseguia explicar. Não fazia mal. Ele entendeu plenamente.

– E não é, querida? – disse Laurie.

A casa de boneca

Quando a boa e velha sra. Hay voltou para a cidade, depois de passar algum tempo com os Burnell, ela enviou para as crianças uma casa de boneca. Era tão grande que teve de ser carregada a quatro braços, pelo carroceiro e por Pat, até o quintal e lá ficou, apoiada em duas caixas de madeira ao lado da porta da despensa. Não ia se estragar; era verão. E talvez o cheiro de tinta desaparecesse até a hora em que a levassem para dentro. Pois, de fato, o cheiro de tinta que vinha daquela casa de boneca ("Que gentil da parte da velha sra. Hay, claro; muito gentil e generoso!") – mas o cheiro de tinta era de deixar qualquer um gravemente doente, na opinião de tia Beryl. Mesmo antes de tirarem o embrulho de aniagem. E depois de tirarem...

Lá ficou a casa de boneca, de um verde espinafre escuro, oleoso, realçado por um amarelo vivo. As duas chaminés pequenas, coladas no telhado, eram pintadas de vermelho e branco, e a porta, reluzindo de verniz amarelo, parecia um pedaço de caramelo. Uma faixa larga de verde dividia os painéis das quatro janelas, janelas de verdade. Havia também uma varandinha minúscula, pintada de amarelo, com grumos de tinta seca ao longo da beirada.

Mas era perfeita, perfeita a casinha! Como alguém se importaria com o cheiro? Fazia parte da alegria, parte da novidade.

– Abram logo, alguém abra logo!

O gancho da lateral estava preso com força. Pat conseguiu arrancá-lo com o canivete e toda a frente da casa se soltou e – ali você estava, vendo ao mesmo tempo a sala de estar e a sala de jantar, a cozinha e os dois quartos. Assim se abre uma casa! Por que as casas, todas elas, não se abrem assim? Muito mais divertido do que ficar espiando pela fresta de uma porta uma entradinha sem graça com um porta-guarda-chuvas e duas sombrinhas! É isso – não é? – o que você quer saber de uma casa na hora em que bate à porta. Talvez seja assim que Deus abre as casas no escuro da noite quando está passeando em silêncio com um anjo...

– Ooooh!

A exclamação das crianças parecia até de desespero. Era maravilhoso; era demais para elas. Nunca tinham visto nada parecido na vida. Todos os aposentos tinham as paredes revestidas de papel. Havia quadros, pintados nas paredes, com moldura dourada e tudo. Todo o chão, exceto na cozinha, era forrado com um tapete vermelho; cadeiras de pelúcia vermelha na sala de estar, verde na sala de jantar; mesas, camas com lençóis de verdade, um berço, um fogão, um guarda-louças com pratinhos minúsculos e uma jarra grande. Mas a coisa de que Kezia mais gostou, gostou mais do que tudo, foi a lamparina. Ficava no centro da mesa de jantar, uma linda lamparina de âmbar com um globo branco. Estava até cheia, pronta para acenderem, embora, claro, você não pudesse acendê-la. Mas tinha algo dentro dela que parecia querosene e que se mexia quando você sacudia.

O boneco pai e a boneca mãe, duros e estatelados como se tivessem desmaiado na sala de estar, e as duas crianças dormindo no andar de cima eram realmente grandes demais para a casinha. Pareciam não fazer parte dela. Mas a lamparina era perfeita. Parecia sorrir para Kezia, parecia dizer: "Moro aqui". A lamparina era real.

As crianças Burnell estavam afobadas no caminho para a escola na manhã seguinte. Estavam doidas para contar a todos, para descrever, para... bem... se vangloriar da casa de boneca antes que tocasse a sineta da escola.

– Eu é que vou contar – disse Isabel – porque sou a mais velha. E vocês duas podem falar depois. Mas eu vou contar primeiro.

Não havia o que responder. Isabel era mandona, mas sempre tinha razão, e Lottie e Kezia conheciam até bem demais os poderes que acompanhavam a primogenitura. Passaram entre os densos botões-de-ouro na beira da estrada e não disseram nada.

– E sou eu que vou escolher quem vem ver primeiro. A mãe disse que eu podia.

Pois tinham combinado que, enquanto a casa de boneca ficasse no quintal, podiam convidar as meninas da escola, duas por vez, para irem olhar. Não para ficarem para o chá, claro, nem para ficarem zanzando pela casa. Mas só para ficarem quietas no quintal, enquanto Isabel mostrava as maravilhas e Lottie e Kezia faziam um ar encantado...

Mas, por mais que se apressassem, quando chegaram à cerca alcatroada do pátio de recreio dos meninos, a sineta já tinha começado seu toque desafinado. Tiveram tempo apenas de arrancar o chapéu e entrar em fila antes de começar a chamada. Não fazia mal. Isabel tentou compensar assumindo um ar muito importante e misterioso e, com a mão na boca, cochichando para as meninas perto dela: "Tenho uma coisa para contar na hora do recreio".

Chegou a hora do recreio e Isabel se viu cercada. As meninas da classe quase brigavam para abraçá-la, para andar com ela, para enchê-la de agrados, para ser sua amiga especial. Ela ficou com uma verdadeira corte ao redor de si, sob os enormes pinheiros no lado do pátio. Entre cotoveladas e risadinhas, as meninas se aglomeravam. E as únicas duas que ficaram de fora foram as duas que sempre ficavam de fora, as pequenas Kelvey. Sabiam que não podiam chegar perto das Burnell.

Pois o fato era que a escola frequentada pelas meninas Burnell estava longe de ser o tipo de lugar que seus pais teriam escolhido, se escolha tivessem tido. Mas não tiveram. Era a única escola num raio de quilômetros. E o resultado era que todas as crianças das redondezas, as meninas do juiz, as filhas do médico, as garotas do quitandeiro, as pequenas do leiteiro eram obrigadas a se misturar. Sem falar no igual número de meninos grosseiros e malcriados. Mas em algum lugar era preciso traçar a linha divisória. Ela foi traçada nas Kelvey. Muitas crianças, inclusive as Burnell, não podiam sequer falar com elas. Passavam ao lado das Kelvey com o nariz empinado e, como eram elas que estabeleciam o padrão em todas as questões de comportamento, as Kelvey eram evitadas por todos. Mesmo a professora, quando Lil Kelvey se aproximava de sua mesa com um ramalhete de flores de aparência mortalmente ordinária, usava um tom de voz especial para elas, enquanto dava um sorriso especial para as outras.

Eram filhas de uma lavadeira, mulher miúda, ativa e muita trabalhadeira, que ia de casa em casa durante o dia. Aquilo já era suficientemente pavoroso. Mas e o sr. Kelvey, onde estava ele? Ninguém sabia ao certo. Mas todos diziam que estava na prisão. Então elas eram filhas de uma lavadeira com um criminoso. Bela companhia para as filhas dos outros! E tinham cara disso mesmo. Por que a sra. Kelvey vestia as filhas daquele jeito, era difícil entender. A verdade era que elas usavam "retalhos" das coisas que a mãe ganhava nas casas onde trabalhava. Lil, por exemplo, que era uma menina gorducha, feiosa, bem sardenta, ia para a escola com um vestido feito com um pano de mesa de sarja verde grossa dos Burnell, de mangas de pelúcia vermelha feitas com um pedaço de cortina dos Logan. O chapéu, encarapitado na testa alta, era de adulto, antiga propriedade da srta. Lecky, do correio. Tinha a aba virada na parte de trás e era enfeitado com uma grande pena escarlate. Parecia um rapazinho! Impossível não dar risada. E a irmãzinha dela, nossa Else, usava um vestido branco comprido, que mais parecia uma camisola, e botinhas de menino. Mas, qualquer coisa que vestisse, nossa Else sempre ficaria parecendo esquisita. Era um fiapo de gente, com cabelo cortado rente e enormes olhos solenes – uma corujinha branca. Nunca ninguém vira um sorriso seu; quase nunca falava. Vivia agarrada a Lil, com uma ponta da saia de Lil enrolada na mão. Aonde Lil ia, nossa Else ia atrás. No pátio de recreio, na ida e na volta da escola, lá estava Lil andando na frente e nossa Else segurando atrás. Só quando queria alguma coisa ou estava sem fôlego, nossa Else dava uma puxada, uma retorcida no pano da saia, e Lil parava e se virava. As duas sempre se entendiam.

Agora rondavam por ali; não havia como impedir que ouvissem. Quando as meninas se viraram escarnecendo, Lil, como sempre, deu seu sorriso tolo e envergonhado, mas nossa Else apenas olhou.

E a voz de Isabel, tão orgulhosa, continuou a contar. O tapete foi um sucesso, mas as camas com lençóis de verdade e o fogão com forno também.

Quando ela terminou, Kezia falou:

– Você esqueceu a lamparina, Isabel.

– Ah, sim – disse Isabel – e tem uma lamparina pequenininha, toda feita de vidro amarelo, com um globo branco, que fica na mesa da sala de jantar. Dá para confundir com uma de verdade.

– A lamparina é o melhor de tudo – exclamou Kezia. Ela achou que Isabel não estava nem de longe fazendo justiça à pequena lamparina. Mas ninguém deu a menor atenção. Isabel estava escolhendo as duas que iriam com elas à tarde, para ver. Escolheu Emmie Cole e Lena Logan. Mas as outras, quando souberam que todas teriam sua vez, não se cansavam de agradá-la. Uma por uma, passavam o braço pela cintura de Isabel e se afastavam com ela. Queriam contar um segredo baixinho. "Isabel é minha amiga."

Somente as pequenas Kelvey foram embora, esquecidas; não havia mais nada a ouvir.

Passavam-se os dias e, quanto mais aumentava o número de crianças que tinham visto a casa de boneca, sua fama se espalhava. Tornou-se o único assunto, a grande moda. A única pergunta era: "Você viu a casa de boneca das Burnell?", "Oh, não é linda?", "Não viu? Nem lhe conto!".

Mesmo a hora do lanche era dedicada a falar dela. As meninas se sentavam sob os pinheiros, comendo seus sanduíches com grossas fatias de carneiro e grandes pedaços de broa com manteiga. Enquanto isso, como sempre, as Kelvey se sentavam o mais próximo que podiam, nossa Else agarrada a Lil, ouvindo também, enquanto mastigavam seus sanduíches de geleia, embrulhados num jornal empapado de grandes manchas vermelhas.

– Mãe – perguntou Kezia –, posso chamar as Kelvey só uma vez?

– Claro que não, Kezia.

– Mas por que não?

– Avie-se, Kezia; você sabe muito bem.

Finalmente todas tinham visto, menos elas. Naquele dia, o assunto praticamente morreu. Era hora da merenda. As meninas estavam juntas debaixo dos pinheiros e então, ao olharem as Kelvey comendo os sanduíches no papel de embrulho, sempre sozinhas, sempre ouvindo, resolveram ser maldosas. Emmie Cole começou a cochichar.

— Lil Kelvey vai ser criada quando crescer.

— Ai, que horror! — exclamou Isabel Burnell e trocou um olhar com Emmie.

Emmie engoliu a saliva de maneira muito expressiva e assentiu com a cabeça, como via a mãe fazer em tais ocasiões.

— Verdade, verdade, verdade — disse ela.

Então os olhinhos de Lena Logan dardejaram.

— Pergunto a ela? — cochichou.

— Duvido — disse Jessie May.

— Pff, não tenho medo — respondeu Lena.

De repente soltou um gritinho e dançou na frente das outras meninas.

— Olhem! Olhem para mim! Olhem para mim agora! — disse Lena.

E deslizando, escorregando, arrastando um pé, pondo a mão na boca e soltando risadinhas, Lena foi até as Kelvey.

Lil ergueu os olhos do lanche. Embrulhou depressa o resto. Nossa Else parou de mastigar. O que vinha agora?

— É verdade que você vai ser criada quando crescer, Lil Kelvey? — perguntou Lena em voz esganiçada.

Silêncio mortal. Mas, em vez de responder, Lil apenas deu seu sorriso tolo e envergonhado. Não parecia minimamente incomodada com a pergunta. Que papelão o de Lena! As meninas começaram a rir à socapa.

Lena não suportou aquilo. Pôs as mãos na cintura e disparou:

— É, teu pai tá preso! — silvou despeitada.

Era algo tão espantoso de se dizer que as meninas saíram correndo todas juntas, tremendamente alvoroçadas, loucas de alegria. Alguém encontrou uma corda comprida e começaram a pular. E nunca pularam tão alto, nunca entraram e saíram tão rápido da corda nem fizeram coisas tão ousadas como naquela manhã.

À tarde, Pat foi buscar as meninas Burnell com a charrete e foram para casa. Tinham visita. Isabel e Lottie, que adoravam visitas, subiram as escadas para trocar o avental. Mas Kezia se esgueirou para os fundos. Não havia ninguém por ali; começou a se balançar nos grandes portões brancos do quintal. Então, olhando a estrada, viu dois pontinhos à distância. Foram aumentando; vinham em sua direção. Agora dava para ver que havia alguém na frente e alguém atrás. Agora dava para ver que eram as Kelvey. Kezia parou de se balançar. Escorregou e desceu do portão como se fosse sair correndo. Então hesitou. As Kelvey se aproximavam e ao lado seguiam suas sombras, muito compridas, estendendo-se na largura da estrada, as cabeças encostando nos botões-de-ouro. Kezia trepou de novo no portão; decidira-se; balançou-se para o lado de fora.

– Olá – disse para as Kelvey passando.

Elas ficaram tão atônitas que pararam. Lil deu seu sorriso tolo. Nossa Else ficou olhando fixo.

– Se quiserem, podem entrar e ver nossa casa de boneca – disse Kezia e começou a pôr a ponta do pé no chão.

Mas a isso Lil ficou vermelha e abanou a cabeça depressa.

– Por que não? – perguntou Kezia.

Lil engoliu em seco, depois disse:

– Sua mãe falou pra nossa mãe que não é pr'ocês falarem com a gente.

– Ah – disse Kezia. Não sabia o que responder.
– Não tem importância. Vocês podem vir ver nossa casa de boneca, mesmo assim. Venham. Ninguém está vendo.

Mas Lil abanou a cabeça ainda mais energicamente.

– Não quer? – perguntou Kezia.

De repente veio uma puxada, uma retorcida na saia de Lil. Ela se virou. Nossa Else a olhava com olhos grandes e suplicantes; franzia o rosto; queria ir ver. Por um instante, Lil fitou nossa Else em grande dúvida. Mas então nossa Else puxou sua saia outra vez. Avançou um passo. Kezia foi na frente. Como dois gatinhos de rua, atravessaram o quintal até onde estava a casa de boneca.

– Ali está – disse Kezia.

Houve uma pausa. Lil respirava ruidosa, quase resfolegando; nossa Else estava imóvel como pedra.

– Vou abrir para vocês – disse Kezia gentil. Soltou o gancho e olharam o interior.

– Aqui a sala de estar e a sala de jantar, e ali...
– Kezia!

Oh, que pulo deram!

– Kezia!

Era a voz da tia Beryl. Elas se viraram. Na porta dos fundos postava-se a tia Beryl, olhando fixo como se não acreditasse no que via.

– Como você se atreve a chamar as pequenas Kelvey para o quintal? – disse a voz fria e furiosa. – Você sabe muito bem que não pode falar com elas. Sumam, meninas, sumam já daqui. E não apareçam mais.

E a tia Beryl desceu para o quintal e enxotou as duas como se fossem galinhas.

– Fora daqui, já! – mandou, fria e orgulhosa.

Não precisaram de segunda ordem. Ardendo de vergonha, encolhendo-se juntas, Lil se atabalhoando como a mãe, nossa Else aturdida, atravessaram o quintalzão e se espremeram pelo portão branco.

– Menina ruim e desobediente! – disse brava para Kezia e fechou a casa de boneca, batendo com força.

A tarde tinha sido horrível. Chegara uma carta de Willie Brent, uma carta assustadora, ameaçadora, dizendo que, se ela não fosse encontrá-lo à noite em Pulman's Bush, ele viria tirar satisfações! Mas, agora que tinha enxotado aquelas danadas das Kelvey e dado uma boa bronca em Kezia, sentia o coração mais leve. Aquela pressão medonha tinha sumido. Voltou para casa cantarolando.

Quando estavam já bem fora de vista das Burnell, as Kelvey se sentaram para descansar numa grande manilha vermelha ao lado da estrada. As faces de Lil ainda ardiam; tirou o chapéu com a pena e pousou no joelho. Sonhadoras, olhavam além dos campos de feno, adiante do riacho, para o retiro onde ficavam as vacas de Logan esperando a ordenha. No que pensavam elas?

Então nossa Else se achegou bem perto da irmã. Já tinha esquecido a senhora rabugenta. Estendeu um dedo e alisou a pena da irmã; sorriu seu raro sorriso.

– Eu vi a lamparina – disse suavemente.

Então ficaram outra vez em silêncio.

A mosca

— Você está muito confortável aqui – disse o sr. Woodifield em sua voz esganiçada e, da grande poltrona de couro verde ao lado do amigo, espiou a escrivaninha do patrão como um bebê no carrinho espia o mundo. A conversa terminara; era hora de ir embora. Mas ele não queria ir. Desde que se aposentara, desde seu... derrame, a esposa e as meninas o mantinham trancafiado em casa a semana toda, exceto às terças-feiras. Nas terças-feiras, arrumado, penteado e escovado, deixavam que ele fosse à City para passar o dia. Mas o que fazia por lá, a esposa e as meninas não conseguiam imaginar. Impor o incômodo de sua presença aos amigos, supunham elas... Bem, talvez. Mesmo assim, agarramo-nos a nossos últimos prazeres como a árvore se agarra a suas últimas folhas. Assim, lá se sentava o velho Woodifield, fumando um charuto e fitando quase com inveja o patrão, que girava em sua cadeira de escritório, robusto, rosado, cinco anos mais velho do que ele e ainda firme, ainda no comando. Era bom vê-lo.

A voz idosa acrescentou em melancolia e admiração:

– Confortável, sem dúvida!

– Sim, bastante confortável – concordou o patrão e com o estilete de cortar papel deu um piparote no

Financial Times. Na verdade, ele se orgulhava de seu escritório; gostava que o admirassem, especialmente o velho Woodifield. Estar ali instalado no meio do aposento, à vista daquela figura frágil e idosa com seu cachecol, dava-lhe uma sensação de contentamento sólido e profundo.

– Andei reformando ultimamente – explicou como já havia explicado nas últimas... quantas?... semanas.

– Tapete novo – e apontou o tapete vermelho vivo decorado com grandes círculos brancos.

– Mobília nova – e com a cabeça indicou a grande estante de livros e a mesa com pernas torneadas.

– Aquecimento elétrico! – acenou quase exultante para as cinco linguiças transparentes e peroladas brilhando tão suavemente na frigideira de cobre batido.

Mas não chamou a atenção do velho Woodifield para a fotografia em cima da mesa, de um rapaz de ar sério, com uniforme, posando num daqueles parques de estúdio com um cenário de nuvens tempestuosas atrás de si. Não era nova. Estava ali fazia mais de seis anos.

– Tinha uma coisa que eu queria lhe contar – disse o velho Woodifield, e seus olhos se fizeram vagos, tentando lembrar. – O que era mesmo? Estava com ela na cabeça quando saí hoje de manhã.

Suas mãos começaram a tremer, e nas faces, acima da barba, surgiram manchas vermelhas.

Pobre camarada, os parafusos cada vez mais soltos, pensou o patrão. E, sentindo um impulso de bondade, deu uma piscadela ao velho e gracejou:

– Vou lhe dizer. Tenho aqui uma coisinha que lhe vai fazer muito bem antes de sair no frio lá fora. Artigo de primeira. Não faz mal nem a uma criança.

Pegou uma chave na corrente do relógio, abriu um pequeno armário embaixo da escrivaninha e tirou uma garrafa atarracada de vidro escuro.

– Este é o elixir – disse. – E o homem com quem consegui isso falou no mais rigoroso sigilo que veio das adegas do Castelo de Windsor.

Ao vê-la, o velho Woodifield ficou de queixo caído. Não aparentaria maior surpresa se o patrão tivesse mostrado um coelho.

– É uísque, não é? – esganiçou-se levemente.

O patrão girou a garrafa e lhe mostrou amorosamente o rótulo. Era, era uísque.

– Sabe – disse, escrutando o patrão com ar abismado –, em casa não me deixam nem chegar perto. – E parecia prestes a chorar.

– Ah, é aí que somos um pouco mais espertos do que as damas – exclamou o patrão, estendendo o braço para pegar dois copos que estavam na mesa junto com a garrafa de água e despejando uma dose generosa em cada um deles.

– Vire isso. Vai lhe fazer bem. E não ponha nada de água. É um sacrilégio com um artigo desses. Ah!

Emborcou o seu, tirou o lenço, enxugou rapidamente o bigode e deu um olhar de esguelha ao velho Woodifield, que rolava o líquido na boca.

O velho engoliu, ficou quieto um instante e então disse baixinho:

– Sabe a nozes!

Mas a bebida o aqueceu; insinuou-se até o velho cérebro friorento – e ele lembrou.

– Era isso – disse alçando-se na poltrona. – Pensei que você gostaria de saber. As meninas estiveram na Bélgica na semana passada, dando uma olhada no túmulo do pobre Reggie, e por acaso passaram pelo do seu rapaz. Estão bem perto um do outro, parece.

O velho Woodifield fez uma pausa, mas o patrão não respondeu nada. Apenas um tremor nas pálpebras mostrou que tinha ouvido.

– As meninas ficaram encantadas com o capricho no local – esganiçou-se a voz do velho. – Muito bem cuidado. Aqui não estariam melhor. Você não esteve lá, não?

– Não, não!

Por várias razões, o patrão não estivera lá.

– Tem quilômetros – disse o velho Woodifield em voz trêmula –, e tudo bem cuidado como um jardim. Flores crescendo em todas as sepulturas. Trilhas largas e bonitas.

Ficava claro pelo tom de voz que ele gostava muito de trilhas largas e bonitas.

Veio nova pausa. Então o velho se animou de repente.

– Sabe quanto o hotel cobrou das meninas por um pote de geleia? – esganiçou-se. – Dez francos! Um roubo. Era um potinho, diz Gertrude, do tamanho de uma moeda de meia coroa. E ela tinha pegado apenas uma colherada quando cobraram os dez francos. Gertrude levou o pote com ela, para dar uma lição neles. Está certo, também; estão explorando nossos sentimentos. Acham que, só porque estamos lá dando uma olhada, estamos dispostos a pagar qualquer coisa. É assim que é.

Virou-se na direção da porta.

– Está certo, certo, sim! – exclamou o patrão, embora não fizesse a menor ideia do que estava certo.

Contornou a escrivaninha, seguiu os passos arrastados até a porta e acompanhou o velho com o olhar. Woodifield foi embora.

O patrão ficou ali parado por um longo momento, sem ver nada, enquanto o mensageiro grisalho entrava e saía de seu cubículo para espreitá-lo, como um cachorro esperando sair para um passeio. Então:

– Não atenderei ninguém durante meia hora, Macey – disse o patrão. – Entendido? Ninguém.

– Sim, senhor.

A porta se fechou, os passos firmes e pesados voltaram pelo tapete de cores vivas, o corpanzil se afundou de novo na poltrona de molas e, inclinando-se para frente, o patrão cobriu o rosto com as mãos. Queria, pretendia, precisava chorar...

Quando o velho Woodifield soltou aquele comentário sobre o túmulo do garoto, foi um choque terrível para ele. Foi como se a terra se abrisse e ele visse o menino jazendo ali, e as meninas de Woodifield olhando lá de cima para baixo. Pois era estranho. Haviam-se passado mais de seis anos, mas o patrão nunca pensava no garoto a não ser jazendo inalterado, imaculado em seu uniforme, adormecido para sempre. "Meu filho!", gemeu o patrão. Mas as lágrimas não vieram. Antes, nos primeiros meses e mesmo anos após a morte do garoto, bastava dizer aquelas palavras para ser tomado de tamanha dor que somente um acesso violento de lágrimas conseguia aliviar. Na época declarara, dissera a todos que o tempo não faria nenhuma diferença. Outros talvez conseguissem se recuperar, conseguissem mitigar a dor, mas ele não. Como era possível? Seu garoto era filho único. Desde o nascimento, o patrão se dedicara a aumentar a empresa para ele; se não fosse pelo menino, não teria nenhum sentido. A própria vida passara a não ter nenhum sentido. Como conseguiria ter se escravizado, negado a si mesmo, prosseguido durante todos aqueles anos sem a constante promessa diante de si de que o garoto seguiria seus passos e continuaria depois que ele partisse?

E aquela promessa estivera muito perto de se realizar. O garoto, antes da guerra, passara um ano no escritório aprendendo o serviço. Todos os dias saíam juntos de manhã e voltavam no mesmo trem. E quantos elogios recebera como pai do garoto! Não era de admirar; ele tinha se adaptado maravilhosamente bem. Quanto à sua popularidade entre os funcionários, todos eles sem exceção, até o velho Macey, o adoravam. E não demonstrava a menor arrogância. Não, era sempre natural e autêntico, com a palavra certa para cada um, com aquele olhar travesso e o hábito de dizer: "Simplesmente excelente!".

Mas tudo desaparecera como se nunca tivesse existido. Veio o dia em que Macey lhe estendeu o telegrama que fez tudo desmoronar em torno de si. "Lamentamos profundamente informar..." E ele saiu do escritório arrasado, com a vida destroçada.

Seis anos atrás, seis anos... Como o tempo passou depressa! Parecia ontem. O patrão descobriu o rosto; estava perplexo. Parecia ter algo errado com ele. Não estava sentindo o que queria sentir. Decidiu se levantar e olhar a fotografia do garoto. Mas não era uma de suas favoritas; a expressão não era natural. Era fria, até implacável. O garoto nunca tivera aquele ar.

Naquele instante, o patrão notou que uma mosca havia caído dentro do grande tinteiro e tentava sair dali, debatendo-se debilmente, mas desesperada. Socorro! Socorro!, diziam aquelas patinhas se debatendo. Mas as laterais do tinteiro eram úmidas e escorregadias; ela caiu de novo e começou a nadar. O patrão pegou uma caneta, retirou a mosca da tinta e soltou-a num pedaço de mata-borrão. Por uma fração de segundo, ela ficou imóvel na mancha escura que ressumava em seu redor. Então as pernas dianteiras se agitaram, firmaram-se e, erguendo o corpinho encharcado, ela iniciou a imensa tarefa de remover a tinta das asas. Por cima e por baixo, por cima e por baixo, uma perna limpava uma asa, tal como a pedra de amolar passa por cima e por baixo da foice. Então houve uma pausa, enquanto a mosca, parecendo se apoiar na pontinha dos pés, tentou abrir primeiro uma asa e depois a outra. Por fim conseguiu e, sentando-se, começou a limpar a carinha, como um minúsculo gato. Agora era de se esperar que ela esfregasse as perninhas dianteiras uma na outra, levemente, alegremente. Passara o perigo medonho; ela escapara; estava novamente pronta para a vida.

Mas bem naquele momento o patrão teve uma ideia. Mergulhou outra vez a pena no tinteiro, apoiou o pulso largo no mata-borrão e, enquanto a mosca experimentava as asas, caiu um grande pingo de tinta. O que era aquilo? Mas que coisa! A pobre infeliz parecia absolutamente assustada, atordoada, com medo de se mexer, sem saber o que viria a seguir. Mas aí, como que dolorida, ela se arrastou para sair dali. As pernas da frente oscilaram, firmaram-se e, desta vez mais devagar, retomou a tarefa desde o início.

É uma diabinha decidida, pensou o patrão, e sentiu verdadeira admiração pela coragem da mosca. Era assim que se lidava com as coisas; era este o espírito que se devia ter. Nunca desistir; era apenas uma questão de... Mas a mosca tinha terminado outra vez a laboriosa tarefa, e o patrão mal teve tempo de molhar de novo a pena e sacudi-la energicamente, para soltar outro pingo escuro no corpo recém-asseado. E agora? Seguiu-se um doloroso momento de suspense. Mas, vejam só, as pernas dianteiras estavam se agitando outra vez; o patrão sentiu uma onda de alívio. Inclinou-se sobre a mosca e disse ternamente: "Sua danadinha...". E de fato teve a brilhante ideia de soprar nela, para ajudar no processo de secagem. Apesar disso, agora o esforço dela mostrava alguma fraqueza e timidez, e o patrão resolveu que aquela seria a última vez, enquanto mergulhava a pena até o fundo do tinteiro.

Pronto. O último pingo caiu no mata-borrão manchado, e a mosca enxovalhada ficou ali, sem se mexer. As pernas de trás estavam coladas ao corpo; as pernas da frente não se viam.

– Vamos! – disse o patrão. – Rápido!

E mexeu nela com a pena – em vão. Não aconteceu nem aconteceria nada. A mosca tinha morrido.

O patrão levantou o cadáver com a ponta do estilete e o jogou no cesto de papéis. Mas ele sentiu uma onda de infelicidade tão dolorosa que ficou realmente assustado. Estendeu o braço e tocou a campainha chamando Macey.

– Traga mata-borrão novo – disse ríspido –, e seja rápido.

E enquanto o cachorro velho saía em silêncio, ele ficou tentando lembrar no que estava pensando antes. O que era? Era... Tirou o lenço e passou por dentro do colarinho. Pois de sua vida não conseguia se lembrar.

O canário

... Você vê aquele prego grande ali à direita da porta de entrada? Mesmo agora, mal consigo olhar para ele, e apesar disso não conseguiria tirá-lo. Gosto de pensar que continuará lá, mesmo depois que eu me for. Às vezes ouço os vizinhos dizendo: "Devia ter uma gaiola ali". E isso me reconforta. Sinto que ele não foi totalmente esquecido.

... Você não imagina a maravilha que ele era, cantando. Não cantava como os outros canários. E isso não é só imaginação minha. Muitas vezes, pela janela, eu olhava as pessoas que paravam no portão para ouvir ou ficavam muito tempo debruçadas na cerca ao lado da silindra – extasiadas. Talvez lhe pareça absurdo – não pareceria se o tivesse ouvido – mas realmente me parecia que ele cantava melodias inteiras, com começo e fim.

Por exemplo, quando eu terminava a casa à tarde, mudava de blusa e trazia minha costura aqui para a varanda, ele começava a saltitar de um poleiro a outro, batia nas grades como para atrair minha atenção, tomava um golinho d'água, como faria um cantor profissional, e então rompia numa melodia tão linda que eu pousava minha agulha para ouvi-lo. Não consigo descrever; quem dera conseguisse. Mas era sempre a mesma, todas as tardes, e eu tinha a sensação de entender todas as suas notas.

...Eu o amava. E como eu o amava! Talvez não importe o que se ama neste mundo. Mas algo é preciso amar! Claro que eu tinha minha casinha e o jardim, mas por alguma razão não bastavam. As flores reagem de uma maneira maravilhosa, mas não criam afinidade. Então eu amava a estrela vespertina. Parece ridículo? Eu costumava ir para o quintal, depois do pôr do sol, e esperava até ela chegar cintilante sobre a seringueira escura. Eu sussurrava, "Aí está você, minha querida". E bem naquele primeiro instante ela parecia brilhar só para mim. Parecia entender isso... isso que é como um anseio, mas não é anseio. Ou pesar – é mais como um pesar. Mas pesar pelo quê? Tenho tanto a agradecer.

...Mas depois que ele entrou em minha vida, esqueci a estrela vespertina; não precisava mais dela. Mas foi estranho. Quando o chinês que veio à porta vendendo passarinhos suspendeu sua gaiolinha e, em vez de esvoaçar e se debater como os pobres pintassilgos, ele soltou um breve e leve gorjeio, eu me vi dizendo, assim como dizia à estrela sobre a seringueira: "Aí está você, meu querido". Foi meu desde aquele instante!

...Até agora fico admirada como partilhávamos nossas vidas. Na hora em que eu descia de manhã e tirava o pano da gaiola, ele me saudava com uma breve nota sonolenta. Eu sabia que significava "Dona! Dona!". Então eu o colocava no prego lá fora, enquanto servia o desjejum a meus três rapazes, e só o trazia de volta, para limpar a gaiola, quando tínhamos a casa para nós outra vez. Então, depois de terminar de lavar os pratos, era uma diversão e tanto. Eu abria uma folha de jornal numa ponta da mesa e, quando punha a gaiola ali, ele batia as asas desesperadamente, como se não soubesse o que vinha pela frente. Eu o repreendia: "Você é um atorzinho rematado". Raspava a bandeja, espalhava areia fresca, enchia suas latinhas de água e sementes, enfiava um pouco de morugem e metade de um pimentãozinho picante entre as grades. E tenho absoluta certeza de que ele entendia e apreciava cada gesto dessa pequena encenação. Veja, ele era muito asseado por natureza. Nunca havia nenhuma manchinha no poleiro. E bastava ver como ele gostava do banho para entender que tinha verdadeira paixão por limpeza. Seu banho ficava por último. E nesse momento ele realmente pulava dentro da água. Primeiro agitava uma asa, depois a outra, então mergulhava a cabeça e borrifava as penas do peito. Ficavam gotas d'água espalhadas por toda a cozinha, mas ele não saía. Eu dizia: "Agora chega. Você está só se exibindo". E finalmente saltava fora dali e, de pé numa perna, começava a se bicar para se secar. Por fim se sacudia, abanava as asinhas, se agitava e erguia a garganta – oh, que dor de lembrar. Eu estava sempre limpando as facas naquela hora. E quase parecia que as facas cantavam também, enquanto eu esfregava até rebrilharem na tábua.

...Companhia, entende, era o que ele era. Companhia perfeita. Se você mora sozinho, vai entender como isso é precioso. Claro que havia meus três rapazes, que voltavam para jantar todas as noites e depois às vezes ficavam na sala lendo o jornal. Mas eu não podia esperar que se interessassem pelas coisinhas que formavam meu dia. Por que haveriam? Eu não era nada para eles. Na verdade, uma noite entreouvi enquanto falavam de mim na escada, como "a Espantalho". Não importa. Não tem importância. Não tem a menor importância. Entendo muito bem. São jovens. Por que eu me incomodaria? Mas lembro que me senti especialmente grata por não estar sozinha naquela noite. Contei a ele, depois que foram embora. Disse: "Sabe como eles chamam a Dona?". Ele pôs a cabeça de lado e ficou me olhando com seu olhinho brilhante até que comecei a rir. Parecia se divertir.

...Você tem passarinhos? Se não tem, tudo isso deve parecer exagerado, talvez. As pessoas imaginam que os passarinhos não têm coração, são criaturinhas frias, não como cães ou gatos. Minha lavadeira costumava dizer todas as segundas-feiras, quando perguntava por que eu não tinha "um bom *fox terrier*": "Canário não traz consolo, dona". Errado! Totalmente errado! Lembro uma noite. Tinha tido um sonho horrível – os sonhos podem ser extremamente cruéis – mesmo depois de acordar, não conseguia esquecer. Então pus meu penhoar e desci à cozinha para pegar um copo de água. Era uma noite de inverno e chovia muito. Acho que ainda estava meio adormecida, mas, pela janela da cozinha, que não tinha persiana, parecia que a escuridão estava olhando para dentro, espiando. E de repente foi insuportável que eu não tivesse ninguém a quem pudesse dizer: "Tive um sonho tão horrível" ou "Proteja-me da escuridão". Até cobri o rosto por um instante. E então veio um pequeno "Docinho! Docinho!". A gaiola dele estava em cima da mesa e o pano tinha escorregado, de forma que passava uma réstia de luz. "Docinho! Docinho!", repetiu a querida criaturinha, suave, como se dissesse: "Estou aqui, Dona. Estou aqui!". Foi uma sensação de conforto tão linda que quase chorei.

...E agora ele se foi. Nunca vou ter nenhum outro passarinho, nenhum outro bichinho de estimação. Como poderia? Quando o encontrei, deitado de costas, com o olhar mortiço e as garrinhas encolhidas, quando entendi que nunca mais ouviria meu querido cantar, alguma coisa pareceu morrer dentro de mim. Senti um vazio no meu peito, como na sua gaiola. Vou superar. Claro. Preciso. Com o tempo, supera-se tudo. E as pessoas sempre dizem que tenho ânimo. Estão cobertas de razão. Tenho ânimo sim, graças a Deus.

...Mas, sem ser mórbida nem ceder a – a lembranças e coisas assim, devo confessar que me parece existir algo de triste na vida. Difícil dizer o que é. Não me refiro ao sofrimento que todos nós conhecemos, como a doença, a pobreza, a morte. Não, é algo diferente. Está lá no fundo, bem no fundo, parte de nós, como a nossa respiração. Por mais que eu trabalhe e me esfalfe, basta parar para saber que aquilo está ali, esperando. Muitas vezes me pergunto se todo mundo sente a mesma coisa. Nunca se sabe. Mas não é espantoso que, por trás de sua melodiazinha doce e alegre, tenha sido apenas essa – tristeza? – oh, o que é? – que eu ouvi?

Livros de Freud publicados pela **L**&**PM** EDITORES

Coleção **L**&**PM** POCKET:
Compêndio da psicanálise
O futuro de uma ilusão
A interpretação dos sonhos (volume 1)
A interpretação dos sonhos (volume 2)
O mal-estar na cultura
Psicologia das massas e análise do eu
Totem e tabu

Coleção **L**&**PM** EDITORES/FREUD (formato 21x14cm
Além do princípio de prazer
Compêndio da psicanálise
O homem Moisés e a religião monoteísta
Psicologia das massas e análise do eu
Totem e tabu

Série Ouro:
A interpretação dos sonhos

Livros relacionados
Freud – Chantal Talagrand e René Major
 (**L**&**PM** POCKET Biografias)
Sigmund Freud – Paulo Endo e Edson Sousa
 (**L**&**PM** POCKET **ENCYCLOPAEDIA**)
Correspondência – Sigmund Freud e Anna Freud

Série Biografias **L**&**PM** POCKET:

Albert Einstein – Laurent Seksik
Andy Warhol – Mériam Korichi
Átila – Éric Deschodt / Prêmio "Coup de coeur en poche" 2006 (França)
Balzac – François Taillandier
Baudelaire – Jean-Baptiste Baronian
Beethoven – Bernard Fauconnier
Billie Holiday – Sylvia Fol
Buda – Sophie Royer
Cézanne – Bernard Fauconnier / Prêmio de biografia da cidade de Hossegor 2007 (França)
Freud – René Major e Chantal Talagrand
Gandhi – Christine Jordis / Prêmio do livro de história da cidade de Courbevoie 2008 (França)
Jesus – Christiane Rancé
Júlio César – Joël Schmidt
Kafka – Gérard-Georges Lemaire
Kerouac – Yves Buin
Leonardo da Vinci – Sophie Chauveau
Lou Andreas-Salomé – Dorian Astor
Luís XVI – Bernard Vincent
Marilyn Monroe – Anne Plantagenet
Michelangelo – Nadine Sautel
Modigliani – Christian Parisot
Napoleão Bonaparte – Pascale Fautrier
Nietzche – Dorian Astor
Oscar Wilde – Daniel Salvatore Schiffer
Pasolini – René de Ceccatty
Picasso – Gilles Plazy
Rimbaud – Jean-Baptiste Baronian
Shakespeare – Claude Mourthé
Van Gogh – David Haziot / Prêmio da Academia Francesa 2008
Virginia Woolf – Alexandra Lemasson

Agatha Christie

EM TODOS OS FORMATOS

AGORA TAMBÉM EM FORMATO TRADICIONAL (16x23)

L&PM EDITORES

L&PM POCKET MANGÁ

Mitsuru Adachi — Aventuras de menino
Inio Asano — Solanin 1
Inio Asano — Solanin 2
Mohiro Kitoh — Fim de verão

SHAKESPEARE — HAMLET
SIGMUND FREUD — A INTERPRETAÇÃO DOS SONHOS
F. SCOTT FITZGERALD — O GRANDE GATSBY
FIÓDOR DOSTOIÉVSKI — OS IRMÃOS KARAMÁZOV

MARCEL PROUST — EM BUSCA DO TEMPO PERDIDO
MARX & ENGELS — MANIFESTO DO PARTIDO COMUNISTA
FRANZ KAFKA — A METAMORFOSE

JEAN-JACQUES ROUSSEAU — O CONTRATO SOCIAL
SUN TZU — A ARTE DA GUERRA
F. NIETZSCHE — ASSIM FALOU ZARATUSTRA

IMPRESSÃO:

Santa Maria - RS - Fone/Fax: (55) 3220.4500
www.pallotti.com.br